V
3111

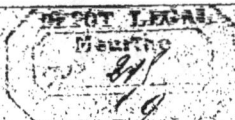

I0550925

DES

LAMES DE HAUTE MER

PAR

Ch. ANTOINE

INGÉNIEUR DE LA MARINE

PARIS

BERGER-LEVRAULT ET Cᴵᴱ

Éditeurs de la Revue maritime et coloniale et de l'Annuaire de la Marine

5, RUE DES BEAUX-ARTS, 5

MÊME MAISON A NANCY

—

1879

DES

LAMES DE HAUTE MER

PAR

CH. ANTOINE

INGÉNIEUR DE LA MARINE

PARIS

BERGER-LEVRAULT ET Cie

Éditeurs de la Revue maritime et coloniale et de l'Annuaire de la Marine

5, RUE DES BEAUX-ARTS, 5

MÊME MAISON A NANCY

1879

(Extrait de la *Revue maritime et coloniale.*)

DES

LAMES DE HAUTE MER

En 1874, j'ai eu l'honneur de présenter à la Société académique de Brest un mémoire sur les lames de haute mer qui a été inséré dans le *Naval Science* [1]. Deux notes complémentaires, insérées dans le *Mémorial du génie maritime* [2], ont eu pour but d'analyser de nouvelles observations et d'insister sur l'influence que la direction relative de la houle et du cap du navire exerce sur le temps qui s'écoule entre le passage de deux lames successives.

Je me propose aujourd'hui de présenter quelques considérations nouvelles qui modifient quelques résultats de calcul que j'avais exposés, et, résumant l'ensemble des mémoires précédents, je donnerai les résultats principaux d'observations que j'ai pu recueillir depuis deux ans.

Lorsque sur le bord de la mer on regarde la lame qui vient se briser sur la grève, on remarque que les vagues diminuent de longueur et augmentent de hauteur lorsqu'elles se rapprochent du rivage. C'est que près des côtes la vitesse de la lame diminue, ce qui, on le sait, a pour conséquence une augmentation de sa hauteur.

Des phénomènes analogues peuvent se produire au large. La vitesse des lames augmente lorsqu'elles s'étendent dans des régions où le vent n'a pas autant d'intensité que celui qui les a créées. Leur longueur s'augmentera alors aux dépens de leur hauteur, et, inversement, on les verrait se raccourcir et avoir plus de hauteur lorsque des obstacles tels

[1] Année 1874, pages 459-517.
[2] Année 1876, 12ᵉ livraison.

que d'autres lames plus puissantes ne leur permettraient pas de prendre leur développement normal.

Les formules que j'ai proposées ont pour but d'étudier les dimensions des lames dans leur état de formation. Ces conditions ne se présentent pas d'une manière exclusive dans les observations qui sont faites à bord, et j'ai cherché si, dans la déformation de la lame, le produit de la longueur par la hauteur ne serait pas sensiblement constant pour une lame créée sous l'influence d'un vent d'une intensité donnée.

Je désignerai par *module de la lame*, la valeur de ce produit.

En écartant les observations qui doivent être considérées comme entachées d'erreurs parce qu'elles contrastent d'une manière trop évidente avec l'ensemble des autres données de l'expérience, on obtient les résultats suivants, pour les lames analysées dans ce mémoire, et dans lesquelles on a observé à la fois la longueur et la hauteur de la vague :

Module des lames suivant l'intensité du vent.

NUMÉRO d'ordre du vent.	VITESSE en mètres par seconde.	MODULE DE LA LAME		NUMÉRO d'ordre du vent.	VITESSE en mètres par seconde.	MODULE DE LA LAME	
		calculé.	observé.			calculé.	observé.
Nos 1 et 2	de 0 à 2	de 0 à 51	80	No 7	de 19 à 25	de 685 à 960	650
No 3	de 3 à 5	de 78 à 148	170	No 8	de 26 à 32	de 1010 à 1283	1070
No 4	de 6 à 8	de 184 à 255	362	No 9	de 33 à 42	de 1332 à 1765	1516
No 5	de 9 à 13	de 297 à 443	379	No 10	de 43 à 50	de 1812 à 2152	,
No 6	de 14 à 18	de 493 à 648	595				

Les observations de lames analysées dans ce mémoire se rapportent à celles qui ont été faites :

En 1867-1870 à bord du *Dupleix* et de la *Minerve,* par M. Paris, lieutenant de vaisseau.

1871-1872 — *Jean-Bart,* par M. Paris, lieutenant de vaisseau.

1870 — *Astrée,* par M. Duhil de Benazé, sous-ingénieur de la marine.

1874 — *Belliqueuse,* par M. Cousin, sous-ingénieur de la marine.

1874-1875 — *Cornélie,* par M. Grasset, capitaine de vaisseau.

1874-1875 — *Garonne,* par M. Gervais, capitaine de frégate.

1874 — *Loire,* par M. Mottez, capitaine de vaisseau.

En 1874 à bord de l'*Alceste*, par M. Vignes, capitaine de frégate.

1874-1875	—	*Virginie*, par M. Albigot, capitaine de frégate.
1874	—	*Finistère*, par M. Hardy, capitaine de frégate.
1875	—	*Armide*, par M. Lefèvre-Dubua, capitaine de vaisseau.
1875-1876	—	*Orne*, par M. Réveillère, capitaine de frégate.
1871	—	*Aveyron*, par M. Caudière, capitaine de frégate.
1873-1875	—	*Rance*, par M. Lambal, lieutenant de vaisseau.
1874	—	*Ardèche*, par M. Saillard, capitaine de frégate.
1875	—	*Guerrière*, par M. Saillard, capitaine de frégate.
1875	—	*Dordogne*, par M. Golfier, capitaine de frégate.
1875	—	*Laplace*, par M. Halna du Fretay, capitaine de vaisseau.
1874-1875	—	*Bièvre*, par M. Laplace, lieutenant de vaisseau.
1875	—	*Alma*, par M. le comte d'Osery, capitaine de vaisseau.
1875	—	*Isère*, par M. Duhamel, lieutenant de vaisseau.
1875-1876	—	*Cornélie*, par M. Juin, capitaine de vaisseau.
1876	—	*Adonis*, par M. Le Bras, lieutenant de vaisseau.
1876	—	*Renommée*, par M. Meyer, capitaine de vaisseau.
1876-1877	—	*Flore*, par M Meyer, capitaine de vaisseau.
1876-1877	—	*Navarin*, par M. Brosset, capitaine de vaisseau.
1876-1877	—	*Surcouf*, par M. Rouquette, capitaine de vaisseau.
1877-1878	—	*Cornélie*, par M. Le Timbre, capitaine de vaisseau.
1876-1878	—	*Hamelin*, par M. de la Jaille, capitaine de frégate.

CONSIDÉRATIONS GÉNÉRALES.

L'étude du roulis des bâtiments exige la connaissance des vagues que l'on peut rencontrer au large. On sait déterminer à l'avance quel sera le nombre d'oscillations que ferait, par calme, un navire donné; on connaît aussi dans quelle limite s'exécuteront les amplitudes des oscillations successives que fera ce bâtiment, alors qu'il aura été dérangé de sa position initiale.

Il faut maintenant préciser les longueurs des lames, leurs vitesses, leurs périodes d'oscillation, leurs hauteurs pour un vent déterminé. Une étude de cette espèce doit avant tout reposer sur les données de l'expérience, mais la constatation des faits est fort difficile de sa nature, et les observations ne peuvent guère donner que des à peu près, surtout en ce qui concerne les longueurs et les hauteurs des vagues.

Naguère, disait Arago [1] en 1840, on ne savait rien de précis sur la plus grande hauteur des vagues que les tempêtes soulèvent dans l'Océan. Les instructions de la Bonite tournèrent l'attention de ce côté en même

---

[1] *Comptes rendus de l'Académie des sciences* du 24 août 1840, p. 26.

temps qu'elles signalèrent des moyens de mesure d'une exactitude très-suffisante. Depuis ce moment, il n'est plus question de vagues vraiment prodigieuses dont l'imagination si ardente de certains navigateurs se plaisait à couvrir les mers, la vérité a remplacé le roman, de prétendues hauteurs de 33 mètres ont été réduites aux proportions modestes de 6 à 8 mètres.

Le but de cette note est de montrer les relations qui existent entre les dimensions des lames et la force du vent.

Nous n'avons encore que bien peu d'observations complètes faites à la mer. En donnant un aperçu de la probabilité des phénomènes que l'on doit rencontrer, j'espère que ce sera un cadre pouvant faciliter ces recherches. L'expérience dira ensuite dans quelle limite il faut modifier les coefficients que j'ai indiqués, et peut-être pourra-t-on avoir un ensemble de données assez précises pour préparer les plans de bâtiments et disposer leur arrimage de façon à augmenter leurs qualités nautiques à la mer.

Dès que la tempête a cessé, l'agitation des vagues continue pendant quelque temps, mais si la longueur des lames et leur période d'oscillation persistent encore en conservant à peu près une même valeur, la hauteur de la vague va en diminuant progressivement. Il demeure donc entendu que je calculerai surtout les dimensions des vagues en pleine formation. Telle vague observée pendant le calme ne doit être considérée que comme une vague qui a été produite par une tempête antérieure et qui n'a pas eu encore le temps de s'éteindre complétement. Il faudra aussi ne pas perdre du vue qu'il ne s'agit dans cette note que des lames de haute mer. Je fais donc toutes réserves sur les vagues observées près des côtes, dans des mers abritées, ou sur des bas-fonds. Le volume, la puissance, etc., de ces lames dépendent, on le sait, de la profondeur de l'eau et des obstacles qu'elles peuvent rencontrer.

Vitesse, longueur et périodes d'oscillation des lames.

Vitesse de translation des lames (V). — En comparant les vitesses de translation V des lames à la vitesse v du vent, on trouve comme résultat d'expérience que cette vitesse V est proportionnelle à la racine quatrième de la vitesse v du vent. L'ensemble d'un grand nombre d'observations conduit à adopter la relation approchée (1) $V = 6,9\, v^{\frac{1}{4}}$.

Longueur de la lame de crête en crête (2 L). — Il a été établi, dès le commencement de ce siècle, que les lames régulières sont transmises à des vitesses qui varient comme les racines carrées de leurs amplitudes, et l'on admet aujourd'hui que la période d'oscillation de ces lames est donnée par la formule

$$(2) \quad T = \sqrt{\frac{\pi}{g}} \times \sqrt{L};$$

d'où

$$L = \frac{g}{\pi} T^2,$$

L étant la demi-longueur de la lame de crête en crête,

T étant la demi-période d'oscillation de la lame ;

or,

$$V = \frac{2L}{2T} \quad \text{et} \quad 2T = \frac{2L}{V},$$

la formule (2) donne

$$\frac{2L}{V} = \sqrt{\frac{2\pi}{g}} \times \sqrt{2L};$$

d'où

$$2L = \frac{2\pi}{g} V^2.$$

On a établi la relation $V = 6'9 \; v^{\frac{1}{4}}$, on en déduit :

$$2L = \frac{2\pi}{g} \times (6,9)^2 \times v^{\frac{1}{2}} = 30,5 \; v^{\frac{1}{2}}$$

ou environ $2L = 30 \; v^{\frac{1}{2}}$.

Périodes d'oscillation des lames (2 T). — Des relations :

$$T = \sqrt{\frac{\pi}{g}} \times \sqrt{4} \quad \text{et} \quad 2L = 30 \; v^{\frac{1}{2}}$$

on déduit $2T = 4,4 \; v^{\frac{1}{4}}$.

Hauteur de la vague.

Dans la séance de l'Académie des sciences du 8 janvier 1866, M. Coupvent-Desbois (aujourd'hui vice-amiral) a présenté un mémoire sur la hauteur des vagues observées sous diverses latitudes et sous divers méridiens.

Il résulte de ce mémoire que l'ensemble de près de 10,000 observations de hauteur de lames, classées et régularisées au moyen d'une courbe, paraît suffisamment coordonné par l'hypothèse que le cube des hauteurs des lames est proportionnel au carré de la vitesse du vent.

Une vague de 2 mètres de hauteur répond, dit M. Coupvent-Desbois, à un vent de 5 mètres par seconde, terme moyen. Bien que les résultats obtenus avec ces chiffres aient paru un peu trop forts, je crois cependant que ce serait une lame de $2^m,20$ qui correspondrait à cette vitesse de 5 mètres, et comme la relation $(2^m,20)^3 = x\,(5)^2$ donne $x = 0,426$; et par suite $(2\,H)^3 = 0,426\,v^2$, on en conclut la hauteur totale de la vague $2\,H = 0,75\ v^{\frac{2}{3}}$.

L'hypothèse que le cube des hauteurs des vagues est proportionnel au carré de la vitesse du vent peut se justifier facilement si l'on admet que la force vive de la lame est proportionnelle à la pression du vent.

Par force vive de la lame, j'entends le produit de sa masse par le demi-carré de sa vitesse, mais à la condition de prendre comme vitesse celle des molécules d'eau dans le sens de la hauteur, et non la vitesse dans le sens de la direction du vent.

Dans le mouvement d'oscillation des vagues, les molécules d'eau n'avancent pas plus dans la direction du vent que ne le font les épis d'un champ de blé que le vent vient à faire onduler. Les ondes liquides, comme les ondes sonores et les ondes lumineuses, vibrent dans un sens et se transmettent dans un autre.

La masse de la vague est proportionnelle au produit $2H \times 2L$, sa vitesse dans le sens de la hauteur est $\dfrac{2H}{2T}$; par suite, sa force vive est proportionnelle à $\dfrac{2L}{(2T)^2} \times (2H)^3$, c'est-à-dire à $(2H)^3$, puisque $\dfrac{2L}{(2T)^2}$ est constant. La pression du vent en kilogrammes par mètre carré est proportionnelle au carré de la vitesse, c'est-à-dire à v^2. Pour que cette pression soit proportionnelle à la force vive de la lame, il faut que $(2H)^3$ soit proportionnel à v^2.

Temps écoulé entre le passage de deux lames successives.

Si V est la vitesse apparente de la vague en mètres par secondes;

v, la vitesse du bâtiment en mètres par seconde;

φ, l'angle que forme le cap du navire avec la direction de la houle;

2 L, la longueur totale de la lame de crête en crête; il est évident que la vitesse relative de la vague par rapport au bâtiment sera re-

présentée par V — $v \cos \varphi$, et le temps T qui s'écoulera entre le passage à bord de deux lames successives sera $T = \dfrac{2L}{V - v \cos \varphi}$, alors que la période d'oscillation proprement dite de la lame serait $T = \dfrac{2L}{V}$.

Je dois, pour éviter toute équivoque, bien définir ce qu'il faut entendre par cet angle φ formé par le cap du navire et la direction de la houle. Lorsque l'on dit que le cap d'un bâtiment est, par exemple, N.-N.-O, on entend qu'il court dans cette direction. Tandis que si l'on dit que la direction du vent ou celle de la houle sont N.-N.-O., on indique que le vent ou la houle viennent de cette direction. Dans l'évaluation des angles φ, je supposerai que l'on a en vue l'angle que forme le cap du bâtiment avec la direction de la lame comptée dans le sens où elle va, et non dans la direction d'où elle vient. Il demeure donc entendu que dans l'expression $v \cos \varphi$, on prendra pour l'angle φ le supplément de l'angle du cap du bâtiment avec la direction de la houle, qui est inscrite dans les devis de campagne.

La distinction que je viens de faire entre la période d'oscillation absolue et la période d'oscillation relative des vagues est essentielle à établir pour éviter des anomalies que l'on ne tarderait pas à observer dans la durée des lames de telles ou telles dimensions.

Sur telle ou telle mer, les vagues peuvent, suivant l'intensité du vent, avoir des périodes d'oscillation très-différentes, et avec une vitesse donnée, un bâtiment devra, suivant ses diverses routes, constater une durée bien différente entre le passage de deux lames successives d'une même vague générale.

Supposons, par exemple, qu'un bâtiment file 10 nœuds (5,2 mètres à la seconde) par une bonne brise (vent n° 5) venant du Nord, il rencontrera des lames d'une longueur de 100 mètres et d'une vitesse absolue de 12,6 mètres à la seconde. Le temps qui s'écoulerait entre le passage de deux lames successives serait, pour les différents caps du navire :

Nord		5″,6
N.-N.-E.	N.-N.-O.	5″,7
N.-E.	N.-O.	6″,1
E.-N.-E.	O.-N.-O.	6″,8
E.	O.	8″,0
E.-S.-E.	O.-S.-O.	9″,4
S.-E.	S.-O.	11″,2
S.-S.-E.	S.-S.-O.	12″,8
Sud.		13″,5

On donne le plus ordinairement l'angle du cap du navire avec la direction de la houle comptée d'où elle vient, et non où elle va.

Les cosinus de deux angles supplémentaires sont égaux, mais de signes contraires. La valeur du temps 2T' écoulé entre le passage de deux lames successives sera par suite donnée par la formule :

$$2T' = \frac{2L}{V + v \cos \varphi},$$

en prenant pour φ la valeur qui est inscrite dans les devis de campagne de nos bâtiments de guerre.

Observations faites à la mer.

Il me reste à établir dans quelles limites les formules :

$$2L = 30 \, v^{\frac{1}{3}}$$
$$2H = 0,75 \, v^{\frac{2}{3}}$$
$$V = 6,9 \, v^{\frac{1}{4}}$$
$$2T = 4,4 \, v^{\frac{1}{4}}$$

rendent compte des observations faites à la mer.

Dans les divisions adoptées en marine pour la classification de l'intensité des vents, on aurait des lames dont les éléments pourraient varier dans une assez grande étendue.

Ainsi, un vent d'une vitesse de 32 mètres à la seconde produirait des vagues dont les éléments présenteraient d'assez grandes différences avec les éléments des lames déterminés par les vents classés sous le n° 8 (vitesse 29) ou n° 9 (vitesse de 37), et l'on ne saurait pas d'ailleurs sous lequel de ces deux n°s 8 ou 9 il faudrait classer l'intensité de ce vent d'une vitesse de 32 mètres à la seconde.

Dans le but de donner plus de précision à la comparaison des données de l'expérience avec les résultats du calcul, je propose, pour la classification des vents, d'adopter la division suivante :

N° 0 calme   vents d'une vitesse de   0 mètres à la seconde.
N° 1 presque calme   —   1   —
N° 2 légère brise   —   2   —

Nº 3 petite brise	vents d'une vitesse de	3 à 5	moyenne	4	mètres par seconde.
Nº 4 jolie brise	—	6 à 8	—	7	—
Nº 5 bonne brise	—	9 à 13	—	11	—
Nº 6 bon frais	—	14 à 18	—	16	—
Nº 7 grand frais	—	19 à 26	—	22	—
Nº 8 coup de vent	—	27 à 32	—	29	—
Nº 9 tempête	—	33 à 42	—	37	—
Nº 10 ouragan	—	43 à 50	—	46	—

On forme ainsi le tableau général qui est annexé à ce mémoire et qui, pour chaque vitesse du vent, fait connaître les données générales et les numéros du vent correspondants.

J'ai analysé d'après ces données les résultats d'observations qui sont insérés dans les tableaux ci-après.

Lorsque ces observations donnent simultanément la longueur et la hauteur des lames, j'en ai déduit le module observé, puis j'ai adopté comme lames théoriques celles dont le module se rapprocherait le plus du module observé. A défaut de module observé, j'ai pris comme lames théoriques celles qui me paraissaient se rapprocher le plus des lames observées.

La comparaison des résultats ainsi obtenus par le calcul et des faits de l'observation indique parfois des différences considérables, soit dans l'appréciation de l'intensité des vents, soit dans les dimensions des lames, soit enfin dans le temps qui a dû s'écouler entre le passage de deux lames successives.

L'examen attentif des circonstances de l'observation tend à mettre en évidence qu'avec les valeurs indiquées comme résultant de l'observation, on aurait souvent des vitesses de lames ou des périodes d'oscillation qui seraient en désaccord avec ce qui est généralement admis comme consacré par l'expérience.

Dans les tableaux ci-après, j'ai résumé, d'après l'intensité des vents observés :

1º Le nombre d'observations pour lesquelles on a pu déterminer le module des lames observées ;

2º La valeur moyenne de ces modules, prise par bâtiment ;

3º L'intensité des vents qui, d'après les formules proposées, correspondraient à ces modules moyens.

En laissant de côté comme ne représentant pas la « mer du vent » les deux observations faites :

L'une le 6 décembre 1875, à bord de l'*Orne,* par un temps presque calme (vent n° 1); l'autre faite le 4 octobre 1876, à bord du *Navarin*, par petite brise (vent n° 3).

On a obtenu, comme résumé général, les résultats suivants :

VENTS OBSERVÉS.		MODULE des lames observées.	VENTS CALCULÉS.	
Numéros.	Indication en langage ordinaire.		Numéros.	Indication en langage ordinaire.
Nᵒˢ 1 et 2	presque calme et légère brise.	80	Nᵒ 3	petite brise.
Nᵒ 3	petite brise.	170	de 3 à 4	de petite brise à jolie brise.
Nᵒ 4	jolie brise.	302	Nᵒ 5	bonne brise.
Nᵒ 5	bonne brise.	379	Nᵒ 5	bonne brise.
Nᵒ 6	bon frais.	595	Nᵒ 6	bon frais.
Nᵒ 7	grand frais.	650	de 6 à 7	de bon frais à grand frais.
Nᵒ 8	coup de vent.	1070	Nᵒ 8	coup de vent.
Nᵒ 9	tempête.	1516	Nᵒ 9	tempête.

Nombre d'observations donnant l'intensité du vent, les longueurs et les hauteurs des lames correspondantes.

Module moyen correspondant par bâtiment à l'intensité du vent observé.

Intensité des vents correspondant au module des lames observées.

Données relatives aux lames théoriques.

Détail des observations de lames faites par les bâtiments en cours de campagne.

TABLEAUX.

Nombre d'observations donnant l'intensité du vent, les longueurs
et les hauteurs des lames correspondantes.

NOMS DES BATIMENTS.	INTENSITÉ DES VENTS OBSERVÉS								
	Nos 1 et 2.	No 3.	No 4.	No 5.	No 6.	No 7.	No 8.	No 9.	Total.
Dupleix et Minerve	»	2	2	3	3	1	1	»	12
Jean-Bart	»	»	1	4	2	1	1	»	9
Astrée.	»	»	»	3	»	2	1	»	6
Belliqueuse.	»	2	»	2	»	»	»	»	4
Cornélie (1re série)	3	2	8	4	3	2	»	1	23
Garonne. . . . . . . ;	»	»	»	»	»	2	1	»	3
Loire	»	»	»	»	2	»	1	»	3
Alceste	»	1	1	1	»	»	1	»	4
Virginie.	»	»	»	»	1	4	»	1	6
Finistère.	»	»	»	»	1	»	»	»	1
Armide	»	4	»	2	»	»	»	»	6
Orne.	1	»	1	»	1	6	1	1	11
Aveyron.	»	»	»	1	1	»	»	»	2
Rance	1	»	»	»	1	»	1	»	3
Ardèche	»	»	»	1	1	»	»	»	2
Guerrière	2	1	»	»	2	»	»	»	5
Dordogne	1	1	1	2	1	»	»	»	6
Laplace	1	1	4	»	»	»	»	»	6
Bièvre.	2	1	»	1	1	1	»	»	6
Alma	1	1	»	»	»	»	3	»	5
Isère.	»	»	»	»	»	1	»	»	1
Cornélie (2e série)	»	6	»	»	»	1	»	»	7
Adonis.	»	»	»	»	»	»	1	»	1
Renommée	»	»	»	1	1	»	»	»	2
Flore	»	»	2	»	»	»	»	»	2
Navarin.	»	1	2	»	»	1	1	»	5
Surcouf	»	»	5	2	»	»	»	»	7
Cornélie (3e série)	»	»	1	2	3	»	»	»	6
Hamelin.	13	28	23	4	»	»	»	»	68
Total.	25	51	51	33	24	22	13	3	222

Module moyen correspondant par bâtiment à l'intensité du vent.

NOMS DES BATIMENTS.	INTENSITÉ DES VENTS OBSERVÉS							
	Nos 1 et 2.	No 3.	No 4.	No 5.	No 6.	No 7.	No 8.	No 9.
Dupleix et Minerve........	»	112	228	362	473	530	1,140	»
Jean-Bart............	»	»	308	331	825	1,362	1,376	»
Astrée.............	»	»	»	536	»	1,163	1,350	»
Belliqueuse	»	120	»	220	»	»	»	»
Cornélie (1re série).......	97	235	210	263	285	291	»	1,275
Garonne............	»	»	»	»	»	720	600	»
Loire	»	»	»	»	1,750	»	1,000	»
Alceste............	»	525	850	1,080	»	»	450	»
Virginie............	»	»	»	»	250	205	»	1,530
Finistère............	»	»	»	»	500	»	»	»
Armide	»	67	»	400	»	»	»	»
Orne.............	250*	»	280	»	1,050	547	1,615	1,800
Aveyron............	»	»	»	340	450	»	»	»
Rance.............	135	»	»	»	300	»	490	»
Ardèche............	»	»	»	400	600	»	»	»
Guerrière	109	122	»	»	360	»	»	»
Dordogne	60	320	675	630	1,050	»	»	»
Laplace	54	81	130	»	»	»	»	»
Bièvre.............	40	104	»	150	80	225	»	»
Alma	50	90	»	»	»	»	683	»
Isère	»	»	»	»	»	360	»	»
Cornélie (2e série)	»	158	»	»	»	308	»	»
Adonis.............	»	»	»	»	»	»	1,170	»
Renommée	»	»	»	332	595	»	»	»
Flore	»	»	220	»	»	»	»	»
Navarin............	»	1,040*	907	»	»	1,445	1,900	»
Surcouf	»	»	162	365	»	»	»	»
Cornélie (3e série)	»	»	188	84	367	»	»	»
Hamelin............	99	111	193	189	»	»	»	»
Moyenne générale....	80	170	362	379	595	650	1,071	1,535

* Valeurs non comptées dans la moyenne générale.

Intensité des vents qui correspondraient au module des lames observées.

NOMS DES BATIMENTS.	INTENSITÉ DES VENTS OBSERVÉS							
	Nos 1 et 2.	N° 3.	N° 4.	N° 5.	N° 6.	N° 7.	N° 8.	N° 9.
Dupleix et Minerve........	»	N° 3	N° 4	N° 5	N° 6	N° 6	N° 8	»
Jean-Bart...........	»	»	N° 5	N° 5	N° 7	N° 9	N° 9	»
Astrée...........	»	»	»	N° 6	N° 9	N° 7	N° 9	»
Belliqueuse.........	»	N° 3	»	N° 4	»	»	»	»
Cornélie (1re série)......	N° 3	N° 4	N° 4	N° 5	N° 5	N° 5	»	N° 8
Garonne...........	»	»	»	»	»	N° 7	N° 6	»
Loire............	»	»	»	»	N° 9	»	N° 8	»
Alceste...........	»	N° 6	N° 7	N° 8	»	»	N° 5	»
Virginie...........	»	»	»	»	N° 4	N° 4	»	N° 9
Finistère...........	»	»	»	»	N° 6	»	»	»
Armide	»	N° 3	»	N° 5	»	»	»	»
Orne............	N° 4	»	N° 5	»	N° 8	N° 6	N° 9	N° 10
Aveyron..........	»	»	»	N° 5	N° 5	N° 6	N° 7	»
Rance...........	N° 3	»	»	»	N° 5	»	N° 6	»
Ardèche..........	»	»	»	N° 5	N° 6	»	»	»
Guerrière	N° 3	N° 3	»	»	N° 5	»	»	»
Dordogne	N° 2	N° 5	N° 6	N° 6	N° 8	»	»	»
Laplace	N° 2	N° 3	N° 3	»	»	»	»	»
Bièvre...........	N° 2	N° 3	»	N° 3	N° 3	N° 4	N° 7	»
Alma	N° 2	N° 3	»	»	»	»	»	»
Isère...........	»	»	»	»	»	N° 5	»	»
Cornélie (2e série)	»	N° 3	»	»	»	N° 5	»	»
Adonis	»	»	»	»	»	»	N° 8	»
Renommée..........	»	»	»	N° 5	N° 6	»	»	»
Flore	»	»	N° 4	»	»	»	»	»
Navarin............	»	N° 8	N° 7	»	»	N° 9	N° 10	»
Surcouf	»	»	N° 4	N° 5	»	»	»	»
Cornélie (3e série)	»	»	N° 4	N° 3	N° 5	»	»	»
Hamelin...........	N° 3	N° 3	N° 4	N° 4	»	»	»	»

Données relatives aux lames théoriques.

VENTS					INDICATIONS en langage ordinaire	VOILURE que peut porter un bâtiment fin voilier recevant largue	ÉTAT de la mer	LAMES DE HAUTE MER.					VENTS
Numéros d'ordre	Vitesse en mètres par seconde v.	VALEURS DE						Vitesse en mètres par seconde V = 0,9 u ½	Période d'oscillation en secondes 2T = 4,4 u ½	Longueur de crête en crête 2L = 30 u ½	Hauteur de la crête au fond 2H = 6,75 u ⅔	Hauteur de la lame	Numéros d'ordre
		v ½	v ⅔	v 3/2									
0	0	0	0	0	Calme.		Calme.	0	0	0	0	0	0
1	1	1	1	1	Presque calme.		Unie.	6,5	4,4	30,6	0,7	21	1
2	2	1,41	1,13	1,59	Légère brise.			8,8	5,2	42,3	1,2	51	2
3	3	1,73	1,32	2,08	Petite brise.	Toutes les voiles dehors.	Mer belle.	9,0	5,6	51,0	1,5	78	3
	4	2,00	1,41	2,52				9,7	6,2	63,0	1,9	114	
	5	2,24	1,50	2,92				10,3	6,6	65,2	2,2	144	
	6	2,45	1,57	3,30				10,8	6,9	73,5	2,5	181	
4	7	2,65	1,63	3,66	Jolie brise.			11,2	7,2	79,5	2,7	215	4
	8	2,83	1,68	4,00			Houle.	11,5	7,4	84,9	3,0	265	
	9	3,00	1,72	4,33				11,9	7,6	90,0	3,3	297	
	10	3,16	1,78	4,64				12,3	7,8	94,8	3,5	329	
5	11	3,32	1,82	4,95	Bonne brise.	Les ris de chasse, les perroquets.		12,6	8,0	99,6	3,7	368	5
	12	3,46	1,86	5,24				12,8	8,2	104	3,9	406	
	13	3,61	1,90	5,52				13,0	8,3	108	4,1	413	
	14	3,74	1,93	5,81				13,3	8,5	112	4,4	458	
	15	3,87	1,97	6,04			Grande houle.	13,5	8,7	116	4,6	524	
6	16	4,00	2,00	6,35	Bon frais.	Deux ris.		13,8	8,8	120	4,8	576	6
	17	4,12	2,03	6,61				14,0	8,9	124	4,9	608	
	18	4,24	2,06	6,87				14,2	9,1	127	5,1	648	
	19	4,36	2,09	7,12				14,4	9,2	131	5,2	695	
	20	4,47	2,11	7,37				14,6	9,3	134	5,5	737	
7	21	4,58	2,14	7,61	Grand frais.	Trois ris.		14,8	9,4	137	5,7	781	7
	22	4,69	2,16	7,85			Très-grande houle.	14,9	9,5	141	5,9	832	
	23	4,80	2,19	8,09				15,1	9,6	144	6,0	865	
	24	4,90	2,21	9,32				15,3	9,7	147	6,2	912	
	25	5,00	2,24	8,55				15,0	9,8	150	6,4	966	
	26	5,10	2,26	8,78				15,6	9,9	153	6,6	1,010	
	27	5,20	2,28	9,00				15,8	10,0	156	6,7	1,045	
8	28	5,29	2,30	9,22	Coup de vent.	Aux bas ris, basses voiles; un ris, perroquets calés.		15,9	10,1	159	6,9	1,097	8
	29	5,39	2,32	9,45			Grosse mer.	16,0	10,2	161	7,1	1,143	
	30	5,48	2,31	9,66				16,1	10,3	164	7,2	1,181	
	31	5,57	2,36	9,87				16,2	10,4	167	7,4	1,236	
	32	5,66	2,38	10,1				16,4	10,5	171	7,5	1,283	
	33	5,75	2,40	10,3				16,6	10,6	173	7,7	1,333	
	34	5,83	2,41	10,5				16,8	10,7	175	7,8	1,365	
	35	5,92	2,43	10,7				16,9	10,8	178	7,9	1,405	
	36	6,00	2,45	10,9				16,9	10,9	182	8,1	1,456	
9	37	6,08	2,47	11,1	Tempête.	A sec, perroquets dépassés.	Très-grosse mer.	17,0	10,9	182	8,3	1,511	9
	38	6,16	2,48	11,3				17,1	11,0	185	8,5	1,573	
	39	6,24	2,50	11,5				17,2	11,0	187	8,6	1,608	
	40	6,33	2,52	11,7				17,3	11,1	190	8,8	1,618	
	41	6,40	2,52	11,8				17,4	11,1	192	8,9	1,709	
	42	6,48	2,55	12,1				17,5	11,2	194	9,1	1,795	
	43	6,56	2,56	12,3				17,6	11,3	197	9,2	1,812	
	44	6,63	2,57	12,5				17,7	11,3	199	9,3	1,854	
	45	6,71	2,59	12,7				17,8	11,4	201	9,4	1,869	
10	46	6,78	2,60	12,8	Ouragan renversant les arbres et les maisons.	Fuyant devant le temps.	Mer furieuse.	17,9	11,4	203	9,6	1,919	10
	47	6,85	2,62	13,0				18,0	11,5	207	9,7	2,056	
	48	6,93	2,63	13,2				18,1	11,6	205	9,9	2,059	
	49	7,00	2,65	13,4				18,2	11,6	209		2,100	
	50	7,07	2,66	13,6				18,3	11,7	211	10,2	2,130	

ANTOINE.   2

Détail des observations.

N° de repère	NOM DU BATIMENT / DATE DE LA CAMPAGNE	DUPLEIX ET MINERVE 1867-1870			DUPLEIX ET MINERVE 1867-1870									JEAN-BART 1871-1872
		Alizés de l'Atlantique	Atlantique Sud	Mer des Indes	Alizés de la mer des Indes	Mers de Chine et du Japon	Pacifique Ouest	Très grosse mer	Grosse mer	Mer dure, clapoteux, fatigante	Grosse houle	Houle	Belle mer	
1	Date de l'observation	»	»	»										
2	Lieu de l'observation latitude	Alizés de l'Atlantique	Atlantique Sud	Mer des Indes										33°6' Sud
3	longitude													16°6' Ouest
4	Vitesse du bâtiment en nœuds à l'heure V.	»	»	»										
5	Id. en mètres par seconde v.	»	»	»										
6	Cap du navire	»	»	»										
7	Direction du vent	»	»	»										S. variable.
8	Force du vent	»	»	»										
9	Direction de la houle	»	»	»										N.-N.-O.
10	Angle de cette direction avec le cap du navire (φ)	»	»	»										
11	Cosinus de cet angle (cos φ)	»	»	»										
12	Produit v cos φ	»	»	»										

Comparaison des lames observées avec les lames théoriques.

N° de repère		DUPLEIX ET MINERVE			DUPLEIX ET MINERVE									JEAN-BART
13	Force du vent {observée	N° 3	N° 6	N° 6	N° 4	N° 6	N° 5	N° 8	N° 7	N° 5	N° 5	N° 4	N° 3	N° 5
14	{calculée	N° 3	N° 6	N° 6	N° 4	N° 4	N° 5	N° 8	N° 6	N° 6	N° 6	N° 4	N° 3	N° 5
15	Vitesse du vent {observée	4,8	13,5	17,4	8,5	14,6	8,5	28,5	20	9,2	9,2	5,9	5,7	8,6
16	{calculée	4	16	17	8	8	10	29	15	9	14	6	4	11
17	Longueur de la lame de crête en crête {observée	65	133	114	96	75	102	148	106	77	120	76	82	98
18	{calculée	60	120	124	85	86	98	161	116	90	113	74	60	100
19	Hauteur de la lame du la crête au fond {observée	1,8	4,3	3,8	2,8	3,2	3,1	7,7	5,0	3,6	4,1	2,4	1,6	4,0
20	{calculée	1,9	4,8	4,9	3,0	3,0	3,5	7,1	4,6	3,3	4,4	2,5	1,9	3,7
21	Module de la lame {observé	125	572	604	969	283	316	1,140	536	278	492	187	89	284
22	{calculé	114	516	609	255	255	352	1,145	534	297	495	184	114	329
23	Vitesse de la lame {observée	11,2	16,0	15,0	12,6	11,4	12,4	17,2	14,0	12,8	12,8	11,6	11,3	12,6
24	{calculée	9,7	13,6	14,0	11,6	11,6	12,3	16,0	13,6	11,8	13,3	10,8	9,7	12,6
25	Période d'oscillation de la lame {observée	5",8	9",5	7",6	7",6	6",9	8",2	8",6	7",6	5",6	8",7	6",6	5",5	8",0
26	{calculée	6",3	8",8	8",9	7",4	7",4	7",8	10",2	8",7	7",6	8",5	6",9	6",2	8",0
27	Temps écoulé entre le passage de 2 lames successives {observé	5",8	9",5	7"	7",6	6",9	8",2	8",6	7",6	5",5	8",7	6",6	5",5	8",0
28	{calculé	6",3	8",8	8",9	7",4	7",4	7",8	10",2	8",7	7",6	8",5	6",9	6",2	8",0
29	Vitesse relative de la lame théorique	9,7	13,8	14,9	11,6	11,6	12,3	16,0	13,6	11,9	13,3	10,8	9,7	12,6

Détail des observations. (Suite.)

No de repère	NOM DU BATIMENT / DATE DE LA CAMPAGNE				JEAN-BART 1871-1872						ASTHÉE 1870			
1	Date de l'observation				41°0′ N.	41°4′ N.	41°1′ N.	39°3′ N.	39°5′ N.	39°3′ N.	»	»	»	»
2	Lieu de l'observation { latitude	39°1′ N.	31°3′ N.	41°0′ N.										
3	{ longitude	49°6′ O.	49°5′ O.	39°6′ O.	29°6′ O.	28°8′ O.	29°6′ O.	13°6′ O.	13°6′ O.	19° O.	»	»	»	»
4	Vitesse du bâtiment en nœuds à l'heure V				»	»	»	»	»	»	»	»	»	»
5	Id. en mètres par seconde v				»	»	»	»	»	»	»	»	»	»
6	Cap du navire	Nord.	S.-S.-O.	E.-N.-E.	O.-N.-O.	Ouest.	Ouest.	S.-S.-O.	»	N.-O.	»	»	»	»
7	Direction du vent										N° 5	N° 6 à 7	N° 8	N° 5
8	Force du vent				»	»	»	»	»	»	»	»	»	»
9	Direction de la houle	Nord.	S.-S.-O.	N.-N.-E.	O.-N.-O.	Ouest.	Ouest.	S.-S.-O.	»	N.-O.	»	»	»	»
10	Angle de cette direction avec le cap du navire (φ)				»	»	»	»	»	»	»	»	»	»
11	Cosinus de cet angle (cos φ)				»	»	»	»	»	»	»	»	»	»
12	Produit v cos φ				»	»	»	»	»	»	»	»	»	»

Comparaison des lames observées avec les lames théoriques.

13	Force du vent { observée	N° 4	N° 5	N° 6	N° 8	N° 7	N° 6	N° 5	»	N° 5	N° 5	N° 6 à 7	N° 8	N° 5
14	{ calculée	N° 6	N° 5	N° 7	N° 9	N° 9	N° 7	N° 4	N° 6	N° 5	N° 5	N° 9	N° 9	N° 5
15	Vitesse du vent { observée	8,1	9,8	18	27,2	21,5	13,7	17,4	»	10,7	»	»	»	»
16	{ calculée	9	13	19	34	34	25	7	17	9	10	38	34	13
17	Longueur de la lame de crête en crête { observée	88	97	149	178	153	137	55	138	87	105	180	150	96
18	{ calculée	90	108	131	175	175	150	79,5	184	80,0	94,6	165	175	108
19	Hauteur de la lame de la crête au fond { observée	3,5	4,5	5,0	8,0	9,0	5,0	3,5	4,5	3,5	3,2	8,8	9,0	4,5
20	{ calculée	3,9	4,1	5,3	7,8	7,8	6,4	2,7	4,9	3,5	3,5	8,5	7,8	4,1
21	Module de la lame { observé	368	486	715	1,576	1,362	935	202	621	334	336	1,564	1,350	432
22	{ calculé	397	443	605	1,365	1,305	960	215	608	297	332	1,578	1,365	443
23	Vitesse de la lame { observée	12,2	13,3	15,7	16,9	17,2	17,5	11,5	13,0	11,7	12,7	17,4	17,5	12,0
24	{ calculée	11,9	13,0	14,4	16,7	16,7	15,5	13,2	14,0	13,9	12,3	17,1	16,7	13,6
25	Période d'oscillation de la lame { observée	6″,8	7″,0	9″,0	9″,0	8″,9	10″,7	7″,4	10″,6	7″,5	8″,3	10″,0	8″,0	8″,3
26	{ calculée	7″,6	8″,3	9″,2	10″,0	8″,9	10″.	7″,4	10″,6	7″,3	8″,5	10″,5	8″,5	8″,0
27	Temps écoulé entre le passage de 2 lames successives { observé	6″,8	7″,0	9″,0	10″,6	10″,6	9″,8	7″,2	8″,9	7″,6	7″,8	10″,9	10″,6	8″,3
28	{ calculé	7″,6	9″,3	8″,2	10,7	16,7	15,5	12,2	14,0	11,9	12,3	17,1	16,7	13,0
29	Vitesse relative de la lame théorique	11,9	13,0	14,4										

Détail des observations. (Suite.)

N° de repère	NOM DU BATIMENT. DATE DE LA CAMPAGNE......	ASTRÉE. 1870.		DÉLIQUEUSE. 1874.				CORNÉLIE. 1874-1875.						
								1874	1874	1874	1874	1874	1874	1874
1	Date de l'observation.........	•	•	31 janvier	1er février	2 février	3 mars	2 mai	3 mai	6 mai	12 mai	22 mai	29 mai	4 juin
2	Lieu de l'observation { latitude.......	•	•	29°4' N.	31°1' N.	32°14' N.	19°31' N.	Golfe de Gascogne	Golfe de Gascogne	Golfe de Gascogne	Golfe de Gascogne	Canal de Fayal	Aux Açores	A Madère
3	longitude.......	•	•	118°34' E.	115°43' E.	113°51' E.	119°64' E.							
4	Vitesse du bâtiment en nœuds à l'heure V...	•	•	•	•	•	•	13,0	5,5	2,0	3,0	4,1	5,0	5,4
5	Id. en mètres par seconde v...	•	•	•	•	•	•	6,7	1,8	1,0	1,6	2,1	2,6	2,8
6	Cap du navire..................	•	•	•	•	•	•	Ouest	O. ¼ N.-O.	O.-S.-O.	O.-N.-O. ¼ N.	M.-N.-E.	S.-S.-M. ½ S.	S.-O. ½ S.
7	Direction du vent..............	•	•	•	•	•	•	E.-S.-E.	E.-S.-E.	N.-N.-O.	S.-S.-O.	N.-O.	O.-N.-O.	N.-E.
8	Force du vent..................	N° 5	N° 7	N° 5	N° 5	N° 2	N° 3	N° 6	N° 2	N° 1	N° 3	N° 4	N° 4	N° 4
9	Direction de la houle..........	•	•	•	•	•	•	E. ¼ S.-E.	E. ¼ N.-E.	N.-E.	Ouest	N.-N.-O.	N.-O.-¼-O.	N.-E.
10	Angle de cette direction avec le cap du navire (φ).	•	•	•	•	•	•	169°	158°	158°	153°	45°	160°	169°
11	Cosinus de cet angle (cos φ)........	•	•	•	•	•	•	— 0,98	— 0,93	— 0,93	— 0,85	+ 0,71	— 0,63	— 0,98
12	Produit v cos φ................	•	•	•	•	•	•	— 5,6	— 1,7	— 0,93	— 1,04	+ 1,5	— 1,9	— 2,8

Comparaison des lames observées avec les lames théoriques.

N° de repère														
13	Force du vent.......... { observée.	N° 5	N° 7	N° 5	N° 5	N° 2	N° 3	N° 6	N° 2	N° 1	N° 3	N° 4	N° 4	N° 4
14	calculée.	N° 7	N° 7	N° 4	N° 4	N° 2	N° 4	N° 3	N° 3	N° 3	N° 4	N° 5	N° 4	N° 3
15	Vitesse du vent....... { observée.	•	•	•	•	•	•	•	•	•	•	•	•	•
16	calculée.	32	30	7	8	2	6	5	4	3	6	9	4	4
17	Longueur de la lame de crête en crête { observée.	140	135	50	60	30	68	60	56	54	73	•	86	75
18	calculée.	141	104	60	85	42	74	67	80	52	74	90	74	60
19	Hauteur de la lame de la crête au fond { observée.	6,0	5,5	4,0	4,0	2,0	3,0	2,6	2,0	1,8	2,5	3,4	2,0	1,5
20	calculée.	5,3	5,5	2,7	3,0	1,2	2,8	2,2	1,5	1,5	2,5	3,3	2,5	1,9
21	Module de la lame........ { observé.	840	743	200	240	60	186	156	112	97	182	•	172	113
22	calculé..	838	767	215	255	51	184	148	134	78	184	297	184	114
23	Vitesse de la lame....... { observée.	14,0	14,1	8,32	9,95	7,0	9,0	•	•	•	•	•	•	•
24	calculée.	14,9	14,6	11,2	11,6	8,2	10,8	10,3	9,7	5,0	10,8	11,2	10,8	9,7
25	Période d'oscillation de la lame... { observée.	10",0	9",5	6",0	6",0	4",2	6",6	10"	8"	8",	6",6	7",6	10"	8",6
26	calculée.	9",5	9",2	7",2	7",4	5",2	6",6	6",6	6",2	5",8	6",9	7",6	6",9	6",2
27	Temps écoulé entre le passage de 2 lames successives.... { observé.	10",0	9",5	6",0	6",0	4",2	6",6	10"	8"	8"	6",6	7",6	10"	8",6
28	calculé.	•	•	•	•	•	•	14",2	7",5	6",3	8",0	7",0	8",2	9",0
29	Vitesse relative de la lame théorique.....	•	•	•	•	•	•	4,7	8,0	8,1	9,4	12,4	8,9	6,0

Détail des opérations. (Suite.)

No de repère	NOM DU BATIMENT . . . . . . DATE DE LA CAMPAGNE					CORRÉLIN. 1874-1875.							
		1874	1874	1874	1874	1874	1874	1874	1874	1874	1874	1874	1874	1874
1	Date de l'observation	30 juin	12 août	16 août	28 août	29 août	21 octobre	1er novemb.	16 nov.	23 nov.	25 nov.	25 nov.	4 décemb.	23 décemb.
2	Lieu de l'observation { latitude . . .	A	A	46° N.	Aux	A	Embouchure	A la hauteur	Golfe de	34° N.-O.	Aux	Aux	Cap	Au cap
3	longitudo	Terceire	Terceire	20°-O.	Soles	Ouessant	de la Manche	du Casquet	Gascogne	18° Ouest	Canaries	Canaries	July	Vert
4	Vitesse du bâtiment en nœuds à l'heure V . . .	2,6	7,8	3,8	6,0	6,0	4,0	4,2	8,8	3,3	3,0	3,5	2,5	10,0
5	Id. en mètres par seconde v . .	1,4	4,0	2,0	3,1	3,1	2,1	2,2	4,5	1,7	1,6	1,8	1,2	5,2
6	Cap du navire	N.-O. 1/4 O.	E. 1/4 S.-E.	S.-E. 1/4 E.	E. 1/4 S.-E.	S.-E.	N.-N.-O.	N.-E. 1/2 E.	O.-S.-O.	S.-O.	S.-O.	N.-N.-O.	Nord	N.-O. 1/4 O.
7	Direction du vent	N.-E. 1/4 E.	O.-N.-O.	N.-N.-E.	S.-O.	N.-O.	Ouest	E.-S.-E.	N.-N.-O.	E.-N.-E.	N.-E.	N.-E.	O.-N.-O.	N.-E.
8	Force du vent	No 8	No 5	No 5	No 4	No 7	No 6	No 7	No 6	No 2	No 4	No 4	No 3	No 6
9	Direction de la houle	S.-O. 1/4 O.	O.-N.-O.	E.-S.-E.	N.-O.	N.-O.	N.-O. 1/4 N.-O.	Nat	N.-N.-O.	N.-E.	N.-E.	N. 1/4 N.-O.	N.-E.
10	Angle de cette direction avec le cap du navire (φ).	75°	189°	11°	146°	189°	90°	40°	90°	180°	180°	67°	11°	90°
11	Cosinus de cet angle (cos φ).	+ 0,20	— 0,98	+ 0,98	— 0,83	— 1,0	+ 0,83	+ 0,77	— 0	— 1,0	— 1,0	+ 0,39	+ 0,98	— 0,1
12	Produit v cos φ	+ 0,4	— 3,9	+ 2,0	— 2,6	— 1,0	+ 1,7	+ 1,7	0	— 1,7	— 1,5	+ 0,7	+ 1,2	— 0,5

Comparaison des lames observées avec les lames théoriques.

No de repère															
13	Force du vent . . . . { observée .	No 8	No 5	No 5	No 4	No 7	No 7	No 7	No 6	No 2	No 4	No 4	No 3	No 5
14	{ calculée .	No 5	No 3	No 4	No 4	No 5	No 6	No 4	No 4	No 3	No 5	No 3 .	No 3	No 5
15	Vitesse du vent . . . . { observée .	»	»	»	»	»	»	»	»	»	»	»	»	»
16	{ calculée .	10	4	7	6	11	14	7	7	5	4	4	3	13
17	Longueur de la lame de crête en crête . { observée .	»	53	28	47	99	93	82	80	55	58	63	96	»
18	{ calculée .	95	60	80	74	108	112	80	80	52	60	80	90	108
19	Hauteur de la lame de la crête au fond { observée .	3,5	2,0	2,8	4,0	4,0	5,0	2,7	2,5	1,5	2,0	2,0	3,0	4,0
20	{ calculée .	3,5	1,9	2,7	2,5	5,7	4,4	2,7	2,7	1,5	1,9	1,9	3,5	6,1
21	Module de la lame . . . . . . { observé .	»	196	215	188	300	475	221	225	84	136	126	207	443
22	{ calculé .	384	114	215	184	568	493	215	215	78	114	114	297	443
23	Vitesse de la lame . . . . . . { observée .	»	»	»	»	»	»	»	»	»	»	»	»	»
24	{ calculée .	12,3	9,7	11,2	10,8	12,6	13,3	11,2	11,2	9,0	9,7	9,7	11,9	13,3
25	Période d'oscillation de la lame . . { observée .	»	»	»	»	»	»	»	»	»	»	»	»	»
26	{ calculée .	7″,8	6″,3	7″,2	6″,8	8″,0	8″,5	7″,2	7″,2	5″,8	6″,2	6″,2	7″,6	8″,3
27	Temps écoulé entre le passage de 2 lames successives. { observé .	7″,5	10″,0	5″,0	15″,0	11″,5	11″,0	6″,7	9″,0	5″,5	8″,0	5″,0	11″,2	8″,0
28	{ calculé .	7″,4	10″,2	6″,0	9″,0	9″,0	7″,4	6″,2	7″,1	7″,1	7″,3	6″,6	7″,0	9″,0
29	Vitesse relative de la lame théorique.	12,7	5,8	13,2	8,2	11,5	15,0	13,5	11,2	7,2	8,2	10,4	13,1	13,5

Détail des observations. (Suite.)

N.ᵒˢ de re- pere	NOM DU BATIMENT. . . . . . . DATE DE LA CAMPAGNE.				CORNÉ 1874.	LIR. 1875.			GARONNE. 1874-1875.			LOIRE. 1874.	
		1874	1874	1874	1875	1875	1876	1875	1875	1874	1874	1875	2 août	7 août
1	Date de l'observation	24 décembre	24 décembre	24 décembre	8 janvier	12 février	14 février	26 février	5 mars	9 décembre	12 décembre	25 avril	2 août	7 août
2	Lieu de l'observation { latitude . . .	Au cap	Au Cap	Au cap	Au cap	Au cap	25° Nord	24° Nord	Sur la	42°41′ N.	42°30′ N.	56°21′ S.	30°	36°21′
3	longitude . . .	Vert	Vert	Vert	Vert	Vert	29° Ouest	21° Ouest	petit Sole	9°46′ O.	10°26′ O.	119°08′ O.	12° Ouest	5°62′ O.
4	Vitesse du bâtiment en nœuds à l'heure V . . .	3,0	3,0	3,0	7,0	4,8	6,6	0,5	1,0	5,2	7,5	13,0	2,5	10,3
5	Id. en mètres par seconde v . .	1,5	1,6	1,6	3,6	2,5	3,4	0,3	0,5	2,7	1,5	6,7	1,3	5,2
6	Cap du navire	S.-S.-O.	S.-S.-O.	S.-S.-O.	O.-N.-O.	N. ½ O.	N.-N.-O.	E.¹/₄ S.	S.-O.¹/₄ O.	S. 61° O.	N. 33° E.	N. 72° E.	N.-E.	N.¹/₄ S.-E.
7	Direction du vent	M.-S.-E.	E.-S.-E	E.-S.-E.	N.-N.-E.	N.-N.-O.	N.-N.-E.	Nord.	S.-S.-E.	N.-O.	N.-O.	N.-O.	S.-E.	N.-O.
8	Force du vent	Nᵒ 4	Nᵒ 4	Nᵒ 4	Nᵒ 4	Nᵒ 5	Nᵒ 5	Nᵒ 4	Nᵒ 9	Nᵒˢ 7 et 8	Nᵒˢ 7, 8 et 2	Nᵒˢ 7 et 8	Nᵒ 8	Nᵒ 7
9	Direction de la houle	E.-N.-E.	E.-S.-E.	N.-N.-E.	N.-N.-O.	N.-N.-E.	N.-N.-O.	N.-E.	S.-S.-E.	N.-O.	N.-O.	O.-N.-O.	S.-E.	S.-E.-¹/₄-E.
10	Angle de cette direction avec le cap du navire (φ) .	135°	90°	180°	45°	29°	Ouest	51°	79°	70°	15°	135°	90°	120°
11	Cosinus de cet angle (cos φ)	— 0,7	0	— 1,0	+ 0,71	+ 0,88	+ 3,0	+ 0,03	+ 0,19	+ 0,34	— 8,26	— 0,71	0	— 0,94
12	Produit v cos φ.	— 1,1	0	— 1,6	+ 2,6	+ 2,2	+ 3,4	+ 0,2	+ 0,1	+ 0,9	— 0,3	— 4,7	0	— 4,8

Comparaison des lames observées avec les lames théoriques.

N.ᵒˢ														
13	Force du vent { observée.	Nᵒ 4	Nᵒ 4	Nᵒ 4	Nᵒ 4	Nᵒ 5	Nᵒ 5	Nᵒ 4	Nᵒ 9	Nᵒˢ 7 et 8	Nᵒˢ 7, 8 et 9	Nᵒˢ 7 et 8	Nᵒ 8	Nᵒ 7
14	{ calculée.	Nᵒ 3	Nᵒ 5	Nᵒ 1	Nᵒ 5	Nᵒ 5	Nᵒ 5	Nᵒ 6	Nᵒ 8	Nᵒ 5	Nᵒ 6	Nᵒ 8	Nᵒ 8	Nᵒ 8
15	Vitesse du vent . . . . { observée.	»	»	»	»	11	10	15	32	11	17	38	26	29
16	{ calculée.	5	4	1	9	11	10	15	22	11	17	88	26	29
17	Longueur de la lame de crête en crête { observée.	68	»	»	147	111	114	152	170	60	70 à 80	130 à 140	100	»
18	{ calculée.	67	60	30	90	300	95	116	171	100	134	159	155	161
19	Hauteur de la lame de la crête au fond { observée.	2,5	2,0	1,0	2,6	3,5	3,0	4,0	7,5	5 à 5 à 6,5	8,0	8,0	10,0	7,0
20	{ calculée.	2,2	1,9	0,7	5,3	3,7	3,5	4,6	7,5	3,7	4,9	6,9	5,6	7,1
21	Module de la lame . . . . { observée.	145	»	»	394	388	348	588	1875	500	600	1080	1000	»
22	{ calculé.	355	114	21	297	569	332	534	1263	369	603	1097	1010	1145
23	Vitesse de la lame . . . . { observée.	»	»	»	»	»	»	»	»	»	»	»	»	»
24	{ calculée.	10,2	9,7	6,9	11,9	13,6	12,3	13,6	16,4	13,6	14,0	15,9	15,6	16,0
25	Période d'oscillation de la lame . { observée.	»	»	»	»	»	»	»	»	»	»	»	»	»
26	{ calculée.	6″,6	6″,2	4″,4	7″,6	8″,0	7″,8	8″,5	10″,5	8″,3	8″,5	10″,1	9″,8	10″,2
27	Temps écoulé entre le passage de 2 { observé..	5″,0	8″,5	5″,0	12″,0	7″,3	8″,0	11″,0	14″,0	10″,5	11″ à 12″	»	10″,0	»
28	lames successives. . . . . { calculé.	7″,3	8″,1	6″,0	6″,2	7″,0	6″,0	9″,4	10″,2	7″,4	9″,0	14″,1	12″,0	14″,2
29	Vitesse relative de la lame théorique.	9,2	9,7	6,3	14,5	16,8	15,7	13,8	16,5	13,5	13,7	11,2	15,6	11,2

Détail des observations. *(Suite.)*

N° de repère	NOM DU BÂTIMENT / DATE DE LA CAMPAGNE	LOIRE. 1874.		ALGER. 18..				VIRGINIE. 1874-1875.						FINISTÈRE 1874.
								1874	1874	1874	1875	1875	1875	
1	Date de l'observation	7 août	8 août	11 avril	24 mai	23 juin	12 juillet	7 nov.	14 nov.	16 nov.	24 février	6 mars	9 mai	7 nov.
2	Lieu de l'observation { latitude	36°40' N.	30°33' N.	81°04' N.	29°42' S.	43°01' S.	45°21' S.	41° S.	41°41' S.	43° S.	47°20' S.	56°43' S.	32°43' N.	30°15' N.
3	{ longitude	4°50' O.	0°19' O.	1°59' O.	40°14' O.	11.57' O.	111°14' N.	34° O.	4°60' O.	5° E.	142° O.	77°5' O.	43°65' O.	46°15' O.
4	Vitesse du bâtiment en nœuds à l'heure V	10,5	10,0	1,0	5,0	8,5	7,5	5,0	10,5	11,5	11,0	9,0	11,0	9,5
5	Id. en mètres par seconde v	5,2	5,2	0,5	3,0	4,4	3,9	2,6	5,4	5,9	5,7	4,9	5,7	4,9
6	Cap du navire	N.1/4 S.-E.	E.1/4 S.	Sud	O.1/4 S.	S.-E.1/4 E.	E.1/4 S.	Est	E.-S.-E.	E.1/4 S.-E.	Est	Est	Nord	S.85 E.
7	Direction du vent	N.-O.	Ouest	O.-S.-O.	Est	N.-N.-O.	O.-N.-O.	Sud	O.-N.-O.	O.1/4 N.-O.	Ouest	O.-N.-O.	S.-S.-O.	Ouest
8	Force du vent	N°6	N°6	C. de V.	N°3	N°4	N°5	N°7	N°7	N°9	N°7	N°6	N°7	N°6
9	Direction de la houle	S.-E.1/4 E.	S.-E.1/4 S.	Ouest	S.-O.	Nord	N.-O.	Sud	S.-O.	O.1/4 N.-O.	S.-O.	O.-N.-O.	S.-S.-O.	O.-S.-O.
10	Angle de cette direction avec le cap du navire (χ)	160°	162°	90°	45°	110°	160°	90°	120°	180°	160°	160°	160°	155°
11	Cosinus de cet angle (cos χ)	— 0,94	— 0,68	+ 1,0	+ 0,71	— 0,84	— 0,94	0	— 0,50	— 1,0	— 0,94	— 0,94	— 0,94	— 0,90
12	Produit v cos χ	— 4,5	— 4,5	+ 1,0	+ 1,8	— 1,5	— 3,0	0	— 2,7	— 5,9	— 5,3	— 4,6	— 5,4	— 4,5

Comparaison des lames observées avec les lames théoriques.

N° de repère		LOIRE 7 août	8 août	ALGER 11 avril	24 mai	23 juin	12 juillet	VIRGINIE 7 nov.	14 nov.	16 nov.	24 févr.	6 mars	9 mai	FINISTÈRE 7 nov.
13	Force du vent { observée	N°6	N°10	C. de V.	N°5	N°4	N°5	N°7	N°7	N°9	N°7	N°6	N°7	N°6
14	{ calculée	N°9	N°10	N°5	N°6	N°7	N°8	N°3	N°4	N°9	N°4	N°4	N°3	N°6
15	Vitesse du vent { observée	"	"	"	"	"	"	"	"	"	"	"	"	"
16	{ calculée	37	47	13	16	25	28	5	8	37	8	8	5	14
17	Longueur de la lame de crête en crête { observée	150	200	100	150	170	180	40	50	170	50	40	100	100
18	{ calculée	782	297	168	115	144	159	67	85	182	85	85	87	112
19	Hauteur de la lame de la crête au fond { observée	10,0	12,0	4,5	5,5	5,0	6,0	4,0	5,0	8 à 10	5,0	5,0	4,0	5,0
20	{ calculée	8,5	9,7	6,1	4,6	6,0	6,3	2,3	5,3	8,3	3,0	3,0	—	4,4
21	Module de la lame { observé	1,500	3,800	450	525	850	1,050	160	250	1,530	250	250	150	500
22	{ calculé	1,511	2,008	443	534	864	1,097	148	255	1,511	255	255	148	483
23	Vitesse de la lame { observée	"	"	"	"	"	"	"	"	"	"	"	"	"
24	{ calculée	17,0	18,0	13,0	13,8	15,1	15,9	10,3	11,0	17,0	11,6	11,6	10,3	13,3
25	Période d'oscillation de la lame { observée	"	"	"	"	"	"	"	"	"	"	"	"	"
26	{ calculée	10",0	11",5	8",3	8",7	9",6	10",1	6",6	7",4	10",9	7",4	7",4	6",5	8",5
27	Temps écoulé entre le passage de 2 lames successives { observé			8",0	14",0	14",0	12",0	15",0	19",0	18",0	15",0	15",0	15",0	12" à 15"
28	{ calculé	15",0	15",5	8",3	7",5	10",5	13",0	6",5	10",5	16",5	13",5	10",5	13",0	16",0
29	Vitesse relative de la lame théorique	12",2	13,5	13,0	15,1	13,6	12,3	10,3	8,9	11,1	6,3	7,0	4,9	8,6

Détail des observations. (Suite.)

Comparaison des lames observées avec les lames théoriques.

NOM DU BÂTIMENT — DATE DE LA CAMPAGNE: ARMIDA 1875 · ORÉE 1875-1876

N°	Désignation	12 septemb.	25 septemb.	1er octobre	7 novemb.	14 novembre	26 nov.	25 août 1875	2 septembre 1875	6 septembre 1875	9 sept. 1875	10 nov. 1875	11 nov. 1875	27 nov. 1875
1	Date de l'observation	12 septemb.	25 septemb.	1er octobre	7 novemb.	14 novembre	26 nov.	25 août	2 septembre	6 septembre	9 sept.	10 nov.	11 nov.	27 nov.
2	Lieu de l'observation { latitude	36°57' N.	37°43' N.	39°56' N.	41°11' N.	Da Tanger au	43°41' N.	44° S.	46° S.	47° S.	46° S.	47° S.	47° S.	51° S.
3	longitude	2°48' E.	7°32' E.	10°40' E.	1°44' E.	Cap St-Vincent	11°40' O.	71° E.	97° E.	118° E.	130° E.	123° O.	117° O.	87° O.
4	Vitesse du bâtiment en nœud à l'heure V	6,5	7,8	Ouest	8,0	7,0	6,0	10,3	8,0	11 à 12	10,0	12,0	3,0	13,0
5	Id. en mètres par seconde v	3,4	4,1	Ouest	4,2	3,6	3,1	5,3	4,2	6,0	5,2	6,2	1,6	6,8
6	Cap du navire	S.-O.	Est	N.-O.	S. 43° O.	O.-N.-O.	N.N.-E.	E.-S.-E.	S.-E. ¼ S.	E. ¼ S.-E.	N. ¼ E.	E.-N.-E.	E.-N.-E.	N.-N.-E.
7	Direction du vent	O.-S.-O.	Sud	N.-N.-O.	Nord.	E.-S.-E.	Est.	Ouest	N.-N.-O.	N.-O.	Ouest	O.-S.-O.	S.-S.-O.	O.-S.-O.
8	Force du vent	N° 3	N° 3	N° 3	N° 5	N° 3	N° 5	N° 7	N° 8 à 9	N° 9	N° 6	N° 7	N° 4	N° 7
9	Direction de la houle	Ouest.	Est	N.-N.-O.	Nord	O.-N.-O.	Ouest.	N.-N.-O.	N.-N.-O.	Ouest	S.-O.	S.-O.	S.-O.	S.-O.
10	Angle de cette direction avec le cap du navire (η)	45°	Ouest	22°	135°	Ouest.	110°	160°	180°	124°	174°	157°	159°	157°
11	Cosinus de cet angle (cos η)	+ 0,71	+ 1,0	— 0,93	— 0,71	+ 1,0	— 0,34	— 1,0	— 0,56	— 0,99	— 0,93	— 0,92		
12	Produit v (cos η)	+ 2,4	+ 4,1	— 0,0	— 3,0	+ 3,4	— 1,5	— 5,0	— 4,2	— 3,4	— 5,1	— 5,7	— 1,5	— 6,3
13	Force du vent { observée	N° 3	N° 3	N° 3	N° 5	N° 3	N° 5	N° 8 à 9	N° 7	N° 9	N° 6	N° 7	N° 4	N° 7
14	calculée	N° 2	N° 2	N° 1	N° 4	N° 3	N° 6	N° 7	N° 9	N° 10	N° 8	N° 6	N° 5	N° 6
15	Vitesse du vent { observée	»	»	»	»	»	»	»	»	»	»	»	»	»
16	calculée	2	2	1	7	6	14	24	32	45	27	18	9	15
17	Longueur de la lame de crête en crête { observée	30	25	15 à 20	50	75	120	156	180 à 200	299	150	120	70	120
18	calculée	42	42	30	80	67	114	147	187	197	156	127	90	116
19	Hauteur de la lame de crête au fond { observée	2,0	1,5 à 2	1,0	4,0	2	5	6,0	8 à 9	9,0	7,0	6,5	4,0	4,5
20	calculée	1,2	1,2	0,7	2,7	2,2	4,4	6,2	8,6	9,2	6,7	5,1	3,3	4,6
21	Module de la lame { observé	60	43	17	200	150	600	900	1,515	1,800	1,050	690	280	540
22	calculé	51	51	21	215	146	493	912	1,608	1,812	1,045	648	297	534
23	Vitesse de la lame { observée	»	»	»	»	»	»	»	»	»	»	»	»	»
24	calculée	8,2	8,2	6,9	11,2	10,3	13,3	15,3	17,2	17,6	15,8	14,2	11,8	13,6
25	Période d'oscillation de la lame { calculée	5",2	5",2	4",4	7",2	6",6	8",5	9",7	11",0	11",3	10",0	9",1	7",6	8",7
26	calculée	5",9					10",0							
27	Temps écoulé entre le passage de 2 lames successives { observé	4",0	3",0	»	13",0	5",0	10",0	14",2	14",5	14"	14",0	15",0	9",0	16",0
28	calculé	4",0	3",3	4",3	12",0	13,7	11,8	10,3	13,0	14,2	13,7	8,5	10,4	7,3
29	Vitesse relative de la lame théorique	10,6	12,3	6,9	8,2									

Détail des observations. (Suite.)

Nos de repère	NOM DU BÂTIMENT. / DATE DE LA CAMPAGNE	ORNE 1875-1876				AVEYRON 1874		RANCE 1873-1874			ARDÈCHE 1874		GUERRIÈRE 1875	
		1875	1875	1875	1876	1873		1873	1874	1874				
1	Date de l'observation	1er décembre	3 décembre	6 décembre	20 janvier	27 mars	15 juin	24 avril	29 mars	7 juillet	15 nov.	16 nov.	11 mai	18 mai
2	Lieu de l'observation { latitude	46° S.	30° S.	25° S.	40° N.	25°15' N.	7°15' N.	22°52' S.	33°45' N.	9°41' S.	30°45' N.	50° N.	41°33' N.	31°15 N.
3	{ longitude	54° O.	40° O.	30° O.	19° O.	28°41' E.	50°31' E.	101°30' E.	138°56' E.	85°31' E.	9°05' E.	1° E.	1°50' E.	16°30' O.
4	Vitesse du bâtiment en nœuds à l'heure V.	13,0	8,0	7,0	11,0	18,5	11	6,5	3,0	11,0	8,5	8,0	9	2
5	Id. en mètres par seconde v	6,8	4,3	3,6	5,7	6,5	5,7	3,4	1,6	5,7	4,4	4,2	4,7	1,0
6	Cap du navire	N.-E.	N.-E.	N.-E.	N.-E.	S. 74° E.	N. 25° O.	S. 36° O.	N. 75° E.	N. 88° O.	S. 40° O.	N.-O.	S.-S.-O.	S.-S.-O.
7	Direction du vent	Ouest	Ouest	S.-O.	Sud	O.-N.-O.	O.-S.-O.	S.-S.-O.	Nord	S.-S.-E.	Nord	N.-O.	N.-O.	Est
8	Force du vent	N° 7	N° 7	N° 1	N° 7	N° 5	N° 6	N° 2	N° 6	N° 6	N° 6	N° 5	N° 6	N° 2
9	Direction de la houle	Ouest	Ouest	S.-S.-O.	Sud	O.-N.-O.	O.-S.-O.	Sud	N.-N.-E.	S.-E.	N.-N.-O.	N.-O.	N.-O.	O.-N.-O.
10	Angle de cette direction avec le cap du navire (e)	135°	135°	157°	135°	174°	85°	90°	53°	137°	115°	Ouest	10 quarts	8 quarts
11	Cosinus de cet angle (cos e)	— 0,71	— 0,71	— 0,93	— 0,71	— 0,99	+ 0,09	+ 0,31	+ 0,59	— 0,73	— 0,47	+ 1,0	— 0,37	
12	Produit v cos e	— 4,8	— 3,0	— 3,4	— 4,0	— 6,5	+ 0,5	+ 2,7	+ 0,9	— 4,2	— 2,1	+ 4,2	— 1,3	Ouest

Comparaison des lames observées avec les lames théoriques.

13	Force du vent { observée	N° 7	N° 7	N° 1	N° 7	N° 5	N° 6	N° 2	N° 6	N° 6	N° 6	N° 5	N° 6	N° 2
14	{ calculée	N° 5	N° 5	N° 4	N° 5	N° 5	N° 6	N° 3	N° 6	N° 6	N° 6	N° 5	N° 6	N° 3
15	Vitesse du vent { observée	.	.	.	.	.	.	.	.	.	.	.	.	.
16	{ calculée	12	9	8	12	10	13	5	14	9	17	12	11	5
17	Longueur de la lame de crête en crête { observée	100	70	100	80	85	75	45	70	60	100	80	80	130
18	{ calculée	104	80	85	104	85	108	67	112	90	124	104	103	67
19	Hauteur de la lame de la crête au fond { observée	4,0	4,0	3 à 3	5,0	4	5	3	7	5	5 à 7	5	4 à 5	1 à 2
20	{ calculée	3,3	3,3	3,0	3,3	3,5	4,1	3,3	4,4	3,3	4,0	3,9	3,7	2,3
21	Module de la lame { observé	490	280	350	400	340	450	135	490	300	600	420	300	150
22	{ calculé	406	297	255	400	302	443	143	492	297	608	406	362	146
23	Vitesse de la lame { observée	.	.	.	.	.	.	.	.	.	.	.	.	.
24	{ calculée	12,8	11,9	11,0	12,8	13,5	13,0	10,3	13,5	11,9	14,0	12,8	12,6	10,3
25	Période d'oscillation de la lame { observée	.	.	.	.	4"	.	.	.	.	.	.	.	.
26	{ calculée	8",2	7",5	",4	6",2	7".5	8"3	6",5	8",5	7",5	8",0	8",2	8",0	6",5
27	Temps écoulé entre le passage de 2 lames successives { observé	.	.	.	.	4"	5"	7"	8"	7"	23"	15"	0" à 10"	12"
28	{ calculé	12",0	10",0	10",0	18",0	16",5	8",0	5",1	8",0	12",0	16",4	6",1	8",0	6",5
29	Vitesse relative de la lame théorique	8,0	5,9	8,2	8,8	5,8	13,5	11,9	7,7	11,9	17,0	11,2	10,3	

ANTOINE.

Détail des observations. (Suite.)

N° de re-père.	NOM DU BATIMENT. DATE DE LA CAMPAGNE.	GUERRIÈRE. 1875.				DORDOGNE. 1875.					LAPLACE. 1875.			
1	Date de l'observation	13 juin	27 juin	4 juillet	21 mai	13 juin	28 juin	1er juillet	23 juillet	26 juillet	30 avril	1er mai	2 mai	13 juin
2	Lieu de l'observation { latitude	30°40' N.	40°34' N.	36°35' N.	19°27' S.	14°24' S.	3°55' N.	12°N.	35°02' N.	36°07' N.	61°7' N.	61°32' N.	63°27' N.	65°25' N.
3	longitude	40°35' O.	29°26' O.	1°50' O.	56°54' E.	48°45' E.	48°10' E.	17°40' E.	70°45' E.	17°47' E.	9°31' O.	14°23' O.	19°29' O.	27°10' O.
4	Vitesse du bâtiment en nœuds à l'heure V	0,5	3	4,5	10,5	9,3	4	6,7	5,2	3,2	4,5	0,6	5,1	4,9
5	Id. en mètres par seconde v	0,3	1,6	2,3	5,4	4,8	2,1	3,5	2,7	1,7	2,3	2,9	2,7	2,6
6	Cap du navire	N.-M.	E.-S.-E.	N.-N.-E.	S. 70° O.	N. 90° O.	N. 5° E.	N. 70° O.	N. 24° E.	N. 85° O.	N. 71° O.	N. 40° O.	N. 37° O.	N. 37° O.
7	Direction du vent	S.-E.	O.-N.-O.	N.-N.-E.	E.-S.-E.	S.-E.	O.-S.-O.	S.-S.-O.	N.-O.	Nord	S.-S.-E.	S.-S.-E.	S.-S.-E.	S.-S.-E.
8	Force du vent	N° 1	N° 3	N° 6	N° 4	N° 3	N° 5.	N° 6	N° 3	N° 1	N° 4	.	.	N° 3
9	Direction de la houle	O.-N.-O.	O.-N.-O.	N.-N.-E.	E.-S.-E.	S.-E.	S.-O.	S.-S.-O.	O.-N.-O.	N.-N.-O.	Ouest	Ouest	S.-O.	S.-O.
10	Angle de cette direction avec le cap du navire(g).	16 quarts	180°	Ouest	100°	155°	140°	90°	88°	60°	3 quarts	4 quarts	9 quarts	9 quarts
11	Cosinus de cet angle (cos s).	— 0,36	— 1	+ 1	— 0,94	— 0,93	— 0,77	0	+ 3,02	+ 0,45	+ 0,91	+ 0,71	— 0,17	— 0,17
12	Produit v cos γ	— 0,1	— 1,6	+ 2,3	— 5,1	— 4,5	— 1,6	0	+ 6,1	+ 0,8	+ 2,1	+ 2,1	— 0,5	— 0,4

Comparaison des lames observées avec les lames théoriques.

N°														
13	Force du vent { observée.	N° 1	N° 3	N° 6	N° 4	N° 3	N° 5	N° 6	N° 3	N° 1	N° 4	.	N° 3	.
14	calculée.	N° 3	N° 3	N° 5	N° 7	N° 6	N° 7	N° 5	N° 5	N° 2	N° 3	.	N° 3	N° 3
15	Vitesse du vent { observée.	.	.	.	.	.	.	.	.	.	.	.	.	.
16	calculée.	3	4	11	13	14	21	37	10	3	3	3	3	3
17	Longueur de la lame de crête en crête. { observée	50 à 60	70	90	155	130	130	150	90	30	40 à 50	50 à 55	40 à 50	40 à 50
18	calculée.	53	80	100	131	113	137	156	95	43	52	52	52	52
19	Hauteur de la lame de la crête au fond. { observée.	1 à 1,5	1,5 à 2	3 à 5	5	4	6	7	4	2	1,40	1,30	1,32	1,30
20	calculée.	1,5	1,9	3,7	5,8	4,4	5,7	6,7	3,7	1,2	1,5	1,5	1,5	1,5
21	Module de la lame. { observé	58	122	260	675	480	780	1,050	320	60	63	67	81	81
22	calculé.	78	144	262	695	498	781	1,045	332	51	78	78	78	78
23	Vitesse de la lame. { observée.	.	.	.	.	.	.	.	.	.	.	.	.	.
24	calculée.	9,0	9,7	12,6	14,4	13,3	14,8	15,2	13,2	8,7	9,0	9,0	9,0	9,0
25	Période d'oscillation de la lame. { observée.	.	.	.	.	.	.	.	.	.	.	.	.	.
26	calculée.	5",3	6",3	8",0	9",3	8",3	9",4	10",0	7",3	5",3	5",3	5",3	5",3	5",3
27	Temps écoulé entre le passage de 2 lames successives. { observé	8"	10" à 12	10" à 13	20"	11"	13"	6"	7"	9"	10"	12"
28	calculé	6",0	7",3	7",0	10,6"	15",0	10",3	10",0	6",3	8",0	5",0	5",0	6",1	6",0
29	Vitesse relative de la lame théorique.	8,6	8,1	14,9	13,3	8,8	13,2	15,6	13,4	6,0	11,1	11,1	8,5	8,6

Détail des observations. (*Suite.*)

N° de re-père.	NOM DU BATIMENT . . . . . . DATE DE LA CAMPAGNE		LAPLACE. 1875.				BIÈVRE. 1874-1875.						ALMA.		
							1874 6 octobre	1875 22 avril	1875 22 mai	1875 8 juin	1875 12 août	1875 12 septemb.			
1	Date de l'observation		19 Juin	8 juillet	2 août	3 septemb.	6 octobre	22 avril	22 mai	8 juin	12 août	12 septemb.	*	*	*
2	Lieu de l'observation { latitude		60°30' N.	64° N.	64°13' N.	62°31 N.	47°30' N.	43°55' N.	42°30' N.	41°56' N.	41°35' N.	1°44' E.	*	*	*
3	{ longitude		27°12' O.	17°30' O.	24°30' O.	19°20' O.	9°54' O.	9°20' O.	4°10' O.	0°50' O.	39°00 O.	19°08' O.	5,6	5,0	7,4
4	Vitesse du bâtiment en nœuds à l'heure V . . .		6	3,5	8,5	8,5	6,6	5,5	6,5	7,0	5,6	4,5	5,6	5,0	7,4
5	Id. en mètres par seconde v . . .		1,8	4,4	4,4	4,4	3,5	3,4	3,4	4,0	2,9	2,2	3,4	3,1	3,8
6	Cap du navire		N 10° E.	N. 25° E.	N. 31° O.	S. 50° E.	N.-E.	N.-O. ¼ N.	N.-N.-O.	N.-E. ¼ N.	N.-E. ½ N.	N.-N.-E.¼N.	S. 20° E.	S. 20° O.	S. 65° O.
7	Direction du vent		S.-E.	E.-S.-E.	S.-S.-O.	Ouest	S.-O.	Sud.	Ouest.	N.-O.	N.-O. ¼ N.	Nord.	N.-N.-E.	S.-S.-O.	N.-N.-E.
8	Force du vent		N° 4	N° 2	N° 4	N° 4	N° 7	N° 1	N° 3	N° 1	N° 6	N° 5	N° 2	N° 3	N° 5
9	Direction de la houle		S.-O.	S.-O.	Ouest	Ouest	130°	45°	40°	50°	40°	28°	28°	Ouest.	82°
10	Angle de cette direction avec le cap du navire (η) .		13 quarts	14 quarts	5 quarts	12 quarts									
11	Cosinus de cet angle (cos η) . . .		— 0,64	— 0,88	+ 0,54	— 0,73	— 1	+ 0,71	+ 0,77	+ 0,83	+ 0,77	+ 0,88	+ 0,97	+ 1,0	— 0,36
12	Produit v cos η		— 2,1	— 1,6	+ 2,4	— 3,1	— 3,5	+ 2,3	+ 2,6	+ 2,5	+ 2,3	+ 2,0	+ 1,3	+ 3,1	— 0,1

Comparaison des lames observées avec les lames théoriques.

13	Force du vent . . . . { observée .		N° 4	N° 2	N° 4	N° 4	N° 7	N° 1	N° 3	N° 1	N° 6	N° 5	N° 2	N° 3	N° 5
14	{ calculée .		N° 4	N° 2	N° 4	N° 3	N° 4	N° 1	N° 3	N° 2	N° 3	N° 3	N° 2	N° 3	N° 5
15	Vitesse du vent . . . . { observée.		*	*	*	*	*	*	*	*	*	*	*	*	*
16	{ calculée .		6	2	6	4	7	1	4	3	3	5	7	3	12
17	Longueur de la lame de crête en crête . { observée.		50	30	50	50	50	30	80	50	20	60	50	60	100
18	{ calculée .		35	42	53	60	80	30	80	42	52	67	42	52	101
19	Hauteur de la lame de la crête au fond . { observée.		5,5	1,8	5,0	2,5	4,5	1,05	1,50	1,00	4,00	2,50	1,05	1,50	4,00
20	{ calculée .		3,0	1,2	3,0	1,9	2,7	0,7	1,9	1,2	1,5	2,2	1,2	1,5	2,9
21	Module de la lame . . . . { observé .		275	54	250	125	225	30	104	50	80	150	50	90	400
22	{ calculé .		255	51	255	114	215	21	114	51	78	143	51	78	408
23	Vitesse de la lame . . . . { observée.		*	*	*	*	*	*	*	*	*	*	*	*	*
24	{ calculée .		11,2	8,2	11,6	9,7	11,2	6,9	9,7	8,2	9,0	10,3	8,2	9,0	12,8
25	Période d'oscillation de la lame . . { observée.		*	*	*	*	*	*	*	*	*	*	*	*	*
26	{ calculée .		7″,4	5″,2	7″,4	6″,2	7″,2	4″,4	6″,2	5″,2	5″,8	6″,5	5″,2	5″,8	8″,2
27	Temps écoulé entre le passage de 2 { observé .		11″	8″	10″	14″	4″	6″,0	7″,0	6″,0	4″,0	4″,0	9″,0	10″	13″
28	lames successives . . . . { calculé .		9″,0	6″,3	6″,9	9″,1	10″,6	5″,9	4″,9	5″,9	4″,6	5″,4	4″,4	4″,9	6″,1
29	Vitesse relative de la lame théorique . . .		9,6	6,6	14,0	6,6	7,7	5,1	12,3	10,7	11,3	12,3	9,5	12,1	12,7

Détail des observations. (Suite.)

N° de repère	NOM DU BÂTIMENT / DATE DE LA CAMPAGNE	ALMA	ISÈRE 1875	CORNÉLIE 1875	CORNÉLIE 1876	CORNÉLIE 1876	CORNÉLIE 1876	CORNÉLIE 1876	CORNÉLIE 1876	ADOXIE 1876	RENOMMÉE 1876	RENOMMÉE 1876
				1875	1875	1876	1876	1876	1876	1876	1876	1876
1	Date de l'observation	27 mai	18 octobre	13 nov.	3 janv.	20 janv.	29 janv.	18 février	1er mars	21 avril	25 mars	1er avril
2	Lieu de l'observation { latitude	40°13′ N.	45°24′ N.	30°45′ N.	Au cap	Au cap	Au cap	25° N.	Petite	42°63′ N.	30°28′ N.	34°27′ N.
3	{ longitude	1°29′ O.	12°46 O.	17°47′ O.	Vert	Vert	Vert	20° O.	Sole	40°16′ O.	57° O.	44°31′ O.
4	Vitesse du bâtiment en nœuds à l'heure V	6,5	6,0	1,5	5	7,2	6	2	6	7	11,5	5,5	8,5
5	Id. en mètres par seconde v	3,4	3,1	0,8	2,6	3,7	3,1	1,6	1,0	3,1	3,6	5,9	2,8	4,4
6	Cap du navire	N. 39° E.	N. 67° E.	N. 15° E.	45°	43°	162°	18°	Nord	Nord	180°	S. 79° E.	N. 84° E.	S. 80° E.
7	Direction du vent	Est	E.-N.-E.	E.-N.-E. à N.-N.-E.	N. 68° O.	S. 29° E.	N. 45° E.	N. 45° E.	N. 68° E.	N. 68° E.	Ouest.	Ouest.	N.-E.	N.-N.-E.
8	Force du vent	N° 8	N° 8	N° 7 et 8	N° 3	N° 3	N° 5	N° 5	N° 3	N° 3	N° 7	N° 8	N° 5	N° 5
9	Direction de la houle	S.-O.	Ouest.	N.-E.	Ouest.	N. 22° O.	N. 79° E.	Nord.	Nord.	Nord.	Ouest.	N. ¼ N.-E.	S.-O.
10	Angle de cette direction avec le cap du navire (φ)	150°	150°	80°	S. 45° O.	S. 45° O.	S. 33° O.	N. 18° O.	Ouest.	Ouest.	Est.	169°	89°	55°
11	Cosinus de cet angle (cos φ)	− 0,5	− 0,5	+ 0,87	+ 0,71	− 2,9	− 0,94	+ 0,05	+ 1,0	+ 1,0	− 1	− 9,98	− 0,14	+ 9,58
12	Produit v cos φ	− 1,7	− 1,5	+ 0,7	+ 1,9	− 1,4	− 2,9	+ 1,5	+ 1,0	+ 3,1	− 3,6	− 5,5	− 0,39	+ 3,6

Comparaison des lames observées avec les lames théoriques.

N°		ALMA	ISÈRE	C1	C2	C3	C4	C5	C6	ADOXIE	R1	R2
13	Force du vent — observée	N° 8	N° 8	N° 7 et 8	N° 3	N° 3	N° 3	N° 3	N° 3	N° 7	N° 8	N° 5	N° 5
14	— calculée	N° 7	N° 7	N° 5	N° 3	N° 2	N° 4	N° 3	N° 3	N° 5	N° 5	N° 8	N° 5	N° 5
15	Vitesse du vent — observée	•	•	•	•	•	•	•	•	•	•	•	•
16	— calculée	20	24	11	9	2	7	4	5	11	9	20	11	19
17	Longueur de la lame de crête en crête — observée	150	189	80	44	36	48	51	40	82	63	150	•	95
18	— calculée	134	147	100	52	42	80	60	52	100	90	164	100	95
19	Hauteur de la lame de la crête au fond — observée	5,00	5,00	4 à 5	2,0	1,5	4,5	2,5	2,0	4,5	5,0	9,0	3,6	3,5
20	— calculée	3,5	6,2	3,7	1,8	1,2	2,7	1,0	1,5	3,7	3,3	7,2	3,7	3,5
21	Module de la lame — observé	750	908	365	88	57	216	127	80	362	308	1,170	•	332
22	— calculé	737	912	369	78	51	215	114	78	369	297	1,281	369	332
23	Vitesse de la lame — observée	•	•	•	•	•	•	•	•	•	•	•	•
24	— calculée	14,6	15,3	12,6	9,0	6,2	11,2	9,7	9,0	12,6	12,3	16,1	12,3	12,3
25	Période d'oscillation de la lame — observée	•	•	•	•	•	•	•	•	•	•	•	•
26	— calculée	14″,6	9″,7	8″,0	5″,8	7″,2	6″,2	5″,8	8″,0	7″,6	10″,3	8″,3	7″,8
27	Temps écoulé entre le passage de 2 lames successives — observé	18″	30″	16″ à 18″	7″,0	20″,0	11″,0	7″,0	7″,0	13″,0	13″,0	14″,0	8″,2	8″,8
28	— calculé	10″,4	11″	8″,0	5″,0	6″,1	10″,0	5″,8	5″,2	5″,8	11″,0	16″,0	11″,3	6″,2
29	Vitesse relative de la lame théorique	12,5	13,5	13,5	10,9	6,8	8,3	11,2	10,0	15,7	8,3	10,2	8,7	14,9

Détail des observations. *(Suite)*

N° de série	NOM DU BÂTIMENT		RENOMMÉE 1876			FLORE 1876-1877									
	DATE DE LA CAMPAGNE		1876	1876	1876	1876	1876	1876	1876	1877	1877	1877	1877	1877	1877
1	Date de l'observation		2 Avril	3 avril	3 août	10 nov.	11 nov.	13 nov.	14 nov.	12 déc.	8 mars	8 mars	12 mars	13 mars	25 mars
2	Lieu de l'observation { latitude		35°15' N.	35°51' N.	45°51' N.	26°18' N.	29°10' N.	20°20' N.	25°10' N.	20°19' O.	29°04' N.	.	33°09' N.	32°04' N.	39°50' N.
3	longitude		40°21' O.	39°44' O.	11°46' O.	19°54' O.	19°58' O.	19°59' O.	19°16' O.	16°20' N.	24°46' O.	.	50°00' O.	50°03' O.	24°44' O.
4	Vitesse du bâtiment en nœuds à l'heure V..		9,0	8,0	5,6	7,8	6,5	3,6	5,8	4,0	4,7	5,00	7,6	5,4	8,4
5	Id. en mètres par seconde v..		4,6	4,2	2,8	5,71	3,31	1,85	2,93	2,1	2,41	2,57	3,9	2,7	4,3
6	Cap du navire		S. 58° E.	N. 62° E.	N. 50° E.	S. 60° E.	S. 69° E.	S. 80° E.	N. 50° O.	N. 81° O.	N. 25° O.	N.-E.	S. 72° E.	S. 42° E.	S. 45° E.
7	Direction du vent		S.-O.	S.-S.-O.	N.-O.	S.-O.	S.-S.-O.	O.-S.-O.	N.-E. ¼ E.	E.-N.-E.	E.-N.-E.	N.-N.-E.	N.-E.	N.-O.	
8	Force du vent		N° 6	N° 6	N° 4	N° 6	N° 6	N° 4	N°s 5 à 6	N° 4	N° 4	N° 6	N° 6	N°s 4 à 5	
9	Direction de la houle		S.-O.	S. 40° O.	N.-O. ¼ N.	S. 30° O.	S. 70° O.	S. 70° O.	N. 60° E.	N. 45° E.	N. 50° E.	N. 11° M.	N. 30° E.	N. 45° O.	
10	Angle de cette direction avec le cap du navire (γ)		67°	88°	90°	98°	100°	80°	91°		55°	97°	108°	165°	
11	Cosinus de cet angle (cos γ)		+ 0,39	+ 0,03	0	− 0,140	− 0,174	+ 0,174	0	+ 0,56	+ 0,57	− 0,12	− 0,30	− 0,96	
12	Produit v cos γ.		+ 1,8	+ 3,8	0	− 0,80	− 0,87	+ 0,81	0	+ 1,2	+ 1,4	− 0,4	− 0,8	− 4,1	

Comparaison des lames observées avec les lames théoriques.

N°			RENOMMÉE			FLORE									
13	Force du vent { observée.		N° 6	N° 6	N° 4	N° 6	N° 6	N° 4	N°s 5 à 6	N° 4	N° 4	N° 6	N° 6	N°s 4 à 5	
14	calculée.		N° 5	N° 6	N° 3	N° 6	N° 6	N° 4	N° 5	N° 4	N° 4	N° 6	N° 6	N° 4	
15	Vitesse du vent { observée.		.	.	.	.	.	.	.	.	.	.	.	.	
16	calculée.		18	18	5	14	15	8	10	7	7	14	14	8	
17	Longueur de la lame de crête en crête { observée.		.	110	.	.	.	.	.	.	.	.	.	84,9	
18	calculée.		166	120	67	112	116	85	95	80	80	112	112	84,9	
19	Hauteur de la lame de la crête au fond { observée.		4,1	5,0	2,5	4,80	4,00 à 4,70	2,90 à 3,20	3,60 à 5,80	2,85	2,70 à 3,90	4,00 à 4,20	4,30 à 4,40	3,00 à 3,20	
20	calculée.		4,1	4,6	2,7	4,4	4,6	3,6	3,5	2,7	2,7	4,4	4,4	3,9	
21	Module de la lame { observé.		.	595	.	.	.	.	.	.	.	.	.	.	
22	calculé.		448	570	148	403	236	255	352	215	215	408	422	255	
23	Vitesse de la lame { observée.		.	.	.	.	.	.	.	.	.	.	.	.	
24	calculée.		13,0	13,8	10,5	13,0	13,6	11,6	12,8	11,3	11,2	13,3	13,8	13,6	
25	Période d'oscillation de la lame { observée.		.	.	.	.	.	.	.	.	.	.	.	.	
26	calculée.		8",3	8",3	6",6	6",5	8",9	7",4	7",8	7",2	7",2	8",5	8",5	7",4	
27	Temps écoulé entre le passage de 2 lames successives { observé		8",5	8",5	7",0	8",87	6",7	7",7	6",83	6",5	6",3	8",2	8",0	11",5	
28	calculé.		7",3	7",3	6",5	2",0	6",7	7",0	7",5	6",4	6",5	8",7	9",1	11",3	
29	Vitesse relative de la lame théorique.		14,6	17,6	10,5	13,0	13,6	13,1	12,3	12,4	12,7	12,6	12,4	7,0	

Détail des observations. (Suite.)

N° de repère	NOM DU BATIMENT / DATE DE LA CAMPAGNE	PLOMB. 1875-1877				NAVARIN. 1875-1877-1878				SURCOUF. 1876				
		1877	1877	1876	1876	1876	1876	1877	1877					
1	Date de l'observation	16 mars	23 juillet	25 septemb.	4 octobre	7 octobre	13 novembre	25 avril	23 juillet	26 mai	27 mai	28 mai	29 mai	1er juin
2	Lieu de l'observation { latitude	39°18' N.	42°33' N.	35°0' S.	39°59' S.	40°52' S.	32°49' S.	55°0' S.	48°7' N.	16°11' S.	18°56' S.	17°46' S.	19°18' S.	20°05' S.
3	{ longitude	29°12' O.	19°45' O.	20°15' O.	9°0' E.	14°46' E.	102°59' E.	91° O.	14°45' O.	84°22' E.	81°00' E.	80°31' E.	73°16' E.	61°03' E.
4	Vitesse du bâtiment en nœuds à l'heure V	7,8	5,50	5 à 5 à 9 à 5	9 à 5	5 à 6	7 à 8	9 à 10	6	10	10	10	9	0
5	Idem en mètres par seconde v	4,0	2,85	4,7	0,78	2,85	1,30	4,94	4,10	5,6	5,2	3,8	4,7	4,7
6	Cap du navire	S.52°E.	Ouest	S.72°E.	N.87°E.	Est	N.-N.40°O.	S.70°E.	N.77°E.	S.50°E.	S.05°O.	S.20°O.	S.89°O.	N.85°O.
7	Direction du vent	O.-N.-O.	N.-O.	Sud	S.-S.-E.	O.¼S.-O.	S.68°O.	Ouest	S.85°O.	S.-E.	N.-S.-E.	S.-E.	»	S.-E.
8	Force du vent	N°4	N°3à4	B.B.	P.B.	J.B.	V.C.I	V.F.	J.B.	M.B.	Belle Brise	J.B.	J.B.	J.B.
9	Direction de la houle	N.50°O.	S.45°O.	S.40°O.	S.78°O.	O.¼S.-O.	S.68°O.	Ouest	N.68°O.	S.-S.-E.	N.-S.-E.	N.-S.-E.	Nue.	S.-E.
10	Angle de cette direction avec le cap du navire (χ)	172°	45°	153°	150°	169°	72°	166°	155°	82°	158°	125°	175°	140°
11	Cosinus de cet angle	— 0,990	+ 0,7	— 0,89	— 0,93	— 0,98	+ 0,33	— 0,97	— 0,91	+ 0,14	— 0,87	— 0,08	— 0,99	— 0,76
12	Produit v cos χ	— 3,9	+ 1,4	— 4,18	— 0,72	— 0,23	+ 0,43	— 4,7	— 3,8	+ 0,8	— 2,9	— 3,5	— 4,7	— 3,8

Comparaison des lames observées avec les lames théoriques.

N°														
13	Force du vent { observée	N°4	N°3à4	N°5	P.B.	J.B.	V.C.I.	V.F.	J.B.	B.B.	Belle Brise	J.B.	J.B.	J.B.
14	{ calculée	N°4	N°4	N°6	N°8	N°8	N°10	N°9	N°6	N°5	N°5	N°3	N°4	N°4
15	Vitesse du vent { observée	»	»	»	»	»	»	»	»	»	»	»	»	»
16	{ calculée	7	8	15	27	29	45	36	18	13	9	4	7	7
17	Longueur de la lame de crête en crête { observée	79	72 à 75	105	100	105	120	170	120	180	100	85	80	82
18	{ calculée	80	74	110	156	161	201	181	107	108	90	60	80	80
19	Hauteur de la lame de la crête au fond { observée	2,50 à 2,60	»	5	6,5	7	10	8,5	5,0	2,50	2,80	1,50	2,50	2,50
20	{ calculée	2,7	2,5	4,0	4,7	7,1	8,4	8,1	5,1	4,1	3,8	1,9	2,7	2,7
21	Module de la lame { observé	200	»	»	1,040	1,155	1,300	1,445	605	430	280	127	200	205
22	{ calculé	125	184	525	10,45	1,145	1,389	1,456	548	413	207	114	215	215
23	Vitesse de la lame { observée	»	»	534	»	»	»	»	»	»	»	»	»	»
24	{ calculée	11,2	10,9	13,6	15,8	16,9	17,6	16,9	14,2	13,0	11,9	9,7	11,2	11,2
25	Période d'oscillation de la lame { observée	»	»	»	»	»	»	»	»	»	»	»	»	»
26	{ calculée	7″,2	6″,5	8″,7	10″,0	10″,4	11″,4	10″,5	9″,1	8″,3	7″,0	6″,9	7″,2	7″,2
27	Temps écoulé entre le passage de 2 lames successives { observé	11″,3	5″,3	10″,4	10″,0	10″,8	13″,0	12″,5	11″,0	6″,0	10″,0	14″,0	11″,0	8″,0
28	{ calculé	11″,0	6″,0	12″,1	10″,3	20″,1	11″,0	7″,0	12″,9	7″,8	10″,0	10″,0	12″,3	10″,5
29	Vitesse relative de la lame théorique	7,2	12,2	9,5	15,1	15,8	16,2	12,3	10,4	13,8	9,0	6,2	6,5	7,9

Détail des observations. (Suite.)

No de repère	NOM DU BATIMENT. . . . . . DATE DE LA CAMPAGNE . . .	SURCOUF. 1876.				CORNÉLIE. 1877-1878.				HAMELIN. 1876-1877-1878.				
				1877	1877	1878	1878	1878	1878	1876	1876	1877	1877	1877
1	Date de l'observation	25 août	1er septemb.	13 août	30 octobre	20 février	24 février	25 février	27 février	21 juin	3 août	6 janvier	3 mars	27 avril
2	Lieu de l'observatio ⟨latitude⟩	4°54' S.	13°07' S.	43°41' N.	46° N.	38°50' N.	37°06' N.	37°05' N.	41°55' N.	6°14' N.	6°16' N.	9°15' N.	5°04' N.	6°13' N.
3	⟨longitude⟩	43°05' E.	47°08' E.	20°14' O.	22°27' O.	29°37' O.	23°26' O.	23°27' O.	19°38' O.	0°41' O.	0°15' O.	0°45' O.	1°17' O.	0°15' O.
4	Vitesse du bâtiment en nœuds à l'heure V. . .	7	0,6	5,5	2,1	3,0	7,0	7,0	7,0	Ouest.	Ouest.	Ouest.	Ouest.	Ouest.
5	Id. en mètres par seconde v . .	3,1	0,3	2,82	1,06	309	3,61	3,61	3,61	Ouest.	Ouest.	Ouest.	Ouest.	Ouest.
6	Cap du navire	S. 85° O.	S. 85° O.	N. 32° N.	N. 32° E.	S. 80° O.	N. 82° E.	N. 30° E.	N. 50° N.	N. 68° N.	S. 40° O.	Ouest vrai	O.-S.-O. vrais	»
7	Direction du vent	Sud	E.-S.-E.	Ouest	N.-O.	S.-E.	S.-S.-O.	S.-O.	O.-S.-O.	S.-O. vrai	S.-S.-O.	Vent de LY	Bord devant	Debout
8	Force du vent	J. B.	J. B.	N° 4	N° 5 à 6	N° 4 à 5	N° 4 à 5	N° 6	N° 6	N° 1	N° 3	Légère brise	N° 3	N° 4
9	Direction de la houle	S.-S.-E.	S.-S.-E.	Ouest.	Ouest.	Ouest.	Est.	S.-S.-O.	S.-O.	O.-S.-O.	S. 40° O.	Bord avant.	Bord avant.	»
10	Angle de cette direction avec le cap du navire (φ).	80°	85°	180°	40°	85°	100°	160°	180°	10°	50°	»	25°	»
11	Cosinus de cet angle (cos φ)	+ 0,17	+ 0,08	— 1,00	+ 0,77	+ 0,08	— 0,97	— 0,98	— 1,00	+ 0,98	+ 0,64	0	0	0
12	Produit v cos φ	+ 0,54	+ 0,03	— 2,83	+ 0,88	+ 1,92	— 3,50	— 3,54	— 3,01	0	0	0	0	0

Comparaison des lames observées avec les lames théoriques.

No de repère			SURCOUF				CORNÉLIE				HAMELIN				
13	Force du vent	observée.	J. B.	J. B.	N° 4	N° 5 à 6	N° 4 à 5	N° 4 à 5	N° 6	N° 6	N° 1	N° 3	Légère brise	N° 3	N° 4
14		calculée.	N° 5	N° 3	N° 4	N° 4	N° 3	N° 2	N° 5	N° 6	N° 2	N° 3	N° 3	N° 3	N° 5
15	Vitesse du vent	observée.	»	»	»	»	»	»	»	»	»	»	»	»	»
16		calculée.	5	4	6	8	4	2	9	16	4	2	5	5	5
17	Longueur de la lame de crête en crête.	observée.	75	85	58	50	46	36	58	100	37	30	50	60	60
18		calculée.	67	60	74	85	63	42	60	135	60	42	67	67	67
19	Hauteur de la lame de la crête au fond.	observée.	2,00	1,50	3,25	4,8	2,5	1,50	3,40	5,60	2,75	1,75	2,75	2,25	2,50
20		calculée.	2,2	1,3	2,5	3,0	1,9	1,2	3,3	4,8	1,9	1,2	2,3	2,3	2,3
21	Module de la lame	observé.	190	127	133	240	115	53	302	560	106	52	137	135	150
22		calculé.	148	114	184	255	134	51	297	576	114	51	148	148	148
23	Vitesse de la lame	observée.	»	»	»	»	»	»	»	»	»	»	»	»	»
24		calculée.	10,5	8,7	10,6	11,6	9,7	8,2	11,9	13,8	9,7	8,2	10,3	10,3	10,3
25	Période d'oscillation de la lame . .	observée.	»	»	»	»	»	»	»	»	»	»	»	»	»
26		calculée.	6",6	6",2	6",8	7",4	6",2	5",2	7",5	8",8	6",2	5",2	6",6	6",6	6",6
27	Temps écoulé entre le passage de 2 lames successives.	observé.	9"	6",5	8",5	6",0	8",2	9",0	12",5	10",0	10",0	8"	10"	10"	11"
28		calculé.	6",2	6",1	7",2	7",0	5",1	9",1	11",0	12",0	6",1	5",2	6",6	6",6	6",6
29	Vitesse relative de la lame théorique.		10,8	8,7	8,0	12,4	11,6	4,7	8,4	10,2	9,7	8,2	10,3	10,3	10,3

Détail des observations. (Suite.)

N°s de repère	NOM DU BÂTIMENT ...... DATE DE LA CAMPAGNE				HAMELIN. 1876-1877-1878.								
		1877	1877	1877	1877	1877	1877	1878	1878	1878	1878	1878	1878	1878
1	Date de l'observation	26 mai	31 mai	11 juin	10 juillet	19 septemb.	29 sept.	7 juin	5 juin	3 juin	3 juin	4 juin	5 juin	3 juin
2	Lieu de l'observation { latitude	5°54' N.	5°54' N.	2°51 N.	19°45' S.	35°54' S.	35°05' S.	32°25' S.	31°37' S.	31°33' S.	31°24' S.	30°15' S.	29°01' S.	28°03' S.
3	{ longitude	1°13' O.	1°19' O.	4°19' O.	87°08' O.	46°49' O.	53°20' O.	37°30' O.	37°36' O.	35°41' O.	33°18' O.	59°47' O.	31°16' O.	29°41' O.
4	Vitesse du bâtiment en nœuds à l'heure V	Ouest	4	2,4	7,5	7,3	4	3	6	7,6	7,6	6,5	5,8	4,2
5	Id. en mètres par seconde v	Ouest	2,1	1,9	3,9	3,7	2,1	3,1	3,1	3,9	4,0	3,3	2,0	2,2
6	Cap du navire	S. 70° O.	N. 51° E.	S. 35° E.	S. 35° O.	S. 47° O.	S. 30° O.	N. 58° M.	N. 58° E.	N. 58° E.	N. 50° M.	N. 50° E.	N. 55° E.	N. 50° E.
7	Direction du vent	Bord avant.	Grand largue	Grand largue	Gnd largue	Largue	N.-E.-S.	Sud	Nord	N.-N.-O.	N.-N.-O.	N.-N.-O.	N.-E.-O.	N.-E.-O.
8	Force du vent	N° 1	N° 2	N° 3	N° 4	N° 4	N° 4	N° 5	N° 4	N° 5	N° 6	N° 4	N° 3	N° 3
9	Direction de la houle	S. 1/4 S.-O.	Bord arrière	Bord arrière	»	N.-E. à S.-E.	N.-E.-O.	Nord à Sud	E.-E. au S.-E.	N.-O. au S.-E.	N.-O. au S.-E.	N.-E. au S.-E.	N.-E. au S.-E.	N.-E. au S.-E.
10	Angle de cette direction avec le cap du navire (φ)	60°	130°	145°	150°	155°	5°	85°	80 à 90°	80 à 90°	80 à 90°	80 à 90°	10 à 35°	15°
11	Cosinus de cet angle (cos φ)	+ 0,50	− 0,64	− 0,82	− 0,84	− 0,91	+ 1,0	+ 0,1	+ 0,1	+ 0,1	+ 0,1	+ 0,1	+ 0,8	+ 0,97
12	Produit $v \cos \varphi$	0	− 1,3	− 1,0	− 2,4	− 3,3	+ 2,1	+ 0,3	+ 0,3	+ 0,4	+ 0,4	+ 0,4	+ 0,8	+ 2,0

Comparaison des lames observées avec les lames théoriques.

N°s		col1	col2	col3	col4	col5	col6	col7	col8	col9	col10	col11	col12	col13
13	Force du vent { observée	N° 1	N° 2	N° 3	N° 4	N° 4	N° 4	N° 5	N° 4	N° 5	N° 5	N° 4	N° 3	N° 3
14	{ calculée	N° 3	N° 1	N° 1	N° 3	N° 2	N° 3	N° 4	N° 3	N° 3	N° 3	N° 3	N° 3	N° 2
15	Vitesse du vent { observée	»	»	»	»									
16	{ calculée	5	1	1	5	2	5	7	5	5	4	9	5	2
17	Longueur de la lame de crête en crête { observée	76	27,5	80	50 à 85	80	40 à 45	50	40 à 45	40 à 45	35 à 40	35 à 40	40 à 45	40 à 45
18	{ calculée	67	39	80	67	43,3	87	79,5	67	67	60	51,9	51,9	43
19	Hauteur de la lame de la crête au fond { observée	2,98	1,25	1 à 1,58	2,59 à 3	1 à 1,50	2 à 2,50	4 à 4,50	3 à 3,50	3 à 3,50	3	2	1 à 1,50	1
20	{ calculée	2,2	0,7	0,7	2,3	1,2	2,2	2,7	2,2	2,2	1,9	1,8	1,5	1,2
21	Module de la lame { observé	150	34	3,7	144	57	196	212	196	185	111	74	77	42
22	{ calculé	148	37	2,1	148	51	146	215	148	148	114	78	78	51
23	Vitesse de la lame { observée	»	»	»	»									
24	{ calculée	10,8	6,9	6,9	10,8	8,0	10,8	11,2	10,3	10,3	9,7	9,0	9,0	8,2
25	Période d'oscillation de la lame { observée	»	»	»	»									
26	{ calculée	6",6	5",4	4",4	6",6	20",3	6",6	7",2	6",6	6",6	6",2	6",6	5,9	5",2
27	Temps écoulé entre le passage de 2 lames successives { observée	11",5	9"	7" à 8"	8",9	16"	11"	11"	9' à 10	9' à 10	9"	8"	8"	6"
28	{ calculé	6",6	4",4	5",9	8",5	9"	5",4	7"	6",3	6",9	6",0	6",0	4",0	
29	Vitesse relative de la lame théorique	0	5,3	5,9	7,9	4,9	12,4	11,5	10,6	10,6	10,1	9,3	11,0	10,3

Détail des observations. (*Suite.*)

N° de re-pere.	NOM DU BATIMENT . . . . DATE DE LA CAMPAGNE			HAMELIN. 1876-1877-1878.										
		1878	1878	1878	1878	1878	1878	1878	1878	1878	1878	1878	1878	1878
1	Date de l'observation	7 juin	7 juin	8 juin	8 juin	9 juin	10 juin	11 juin	11 juin	12 juin	13 juin	13 juin	15 juin	16 juin
2	Lieu de l'observation { latitude	26°41' S.	29°29' S.	29°51' S.	29°72' S.	29°16' S.	30°01' S.	18°56' S.	19°05' S.	16°28' S.	14°57' S.	14°29' S.	19°44' S.	8°40' S.
3	{ longitude	29°31' O.	29°29' O.	29°26' O.	29°28' O.	29°45' O.	29°28' O.	29°22' O.	29°21' O.	29°53' O.	29°50' O.	28°56' O.	29°44' O.	29°10' O.
4	Vitesse du bâtiment en nœuds à l'heure V. . . .	8	6	7	7	4'	6	5,5	4,5	3,5	5,8	6	6	6,8
5	Id. en mètres par seconde v	4,1	3,1	3,6	3,6	3,1	3,1	2,8	2,3	1,8	3,0	.	3,1	3,0
6	Cap du navire	N. 10° E.	N. 10° M.	N. 5° N.	N. 5° E.	N. 5° E.	N. 5° E.	N. 5° M.	N. 5° M.	N.-N.-O.	N. 5° E.	N. 5° M.	N. 5° E.	Nord.
7	Direction du vent	S.-O.	S.-O.	S.-S.-E.	S.-S.-O.	E.-S.-E.	Presque calme.	Est.	Est.	N.-E.	Calme.	Calme.	E.-N.-E.	E.-N.-E.
8	Force du vent	N° 5	N° 3	N° 4	N° 3	N° 2	N° 1	N° 3	N° 3	N° 1 à 2	Ouest.	Ouest.	N° 4	N° 3
9	Direction de la houle	S.-O. au S.-E.	S.-O. au S.-E.	E.-S.-E.	S.-S.-M.	S.-S.-E.	S.-S.-E.	E.-N.-E.	N.-N.-E.	E.-N.-E.	E.-N.-E.	S.-S.-E.	S.-S.-E.	
10	Angle de cette direction avec le cap du navire (q).	135°	135°	160°	300°	160°	160°	65°	65°	65°	75°	70° à 80°	160°	145°
11	Cosinus de cet angle (cos q)	— 0,71	— 0,71	— 0,94	— 0,94	— 0,94	— 0,94	+ 0,42	+ 0,42	+ 0,42	+ 0,26	+ 0,26	— 0,94	— 0,77
12	Produit v cos q	3,0	— 2,2	— 3,3	— 3,3	— 3,0	— 3,0	+ 1,1	+ 1,0	+ 0,8	+ 0,8	+ 0,8	— 3,0	— 2,3

Comparaison des lames observées avec les lames théoriques.

13	Force du vent . . . . { observée.	N° 5	N° 3	N° 4	N° 3	N° 1	N° 1	N° 3	N° 3	N° 1 à 2	0	0	N° 4	N° 3
14	{ calculée .	N° 5	N° 5	N° 2	N° 2	N° 3	N° 3	N° 2	N° 2	N° 2	N° 3	N° 3	N° 5	N° 3
15	Vitesse du vent . . . . { observée.	.	.	.	.	.	.	.	.	.	.	.	.	.
16	{ calculée .	0	12	42	2	4	4	2	2	2	3	3	4	3
17	Longueur de la lame de crête en crête. { observée.	100	100	42	45	100	100	40 à 45	40 à 45	40 à 45	80	80	80	70
18	{ calculée .	20	104	8	42	60	60	42	42	42	61	51,9	60,0	51,9
19	Hauteur de la lame de la crête au fond . { observée.	2	4	1	1	1	1	1	1	1	1	1	1 à 1,50	1 à 1,50
20	{ calculée .	3,5	5,9	1,2	1,2	1,9	1,9	1,2	1,2	1,2	1,5	1,5	1,9	1
21	Module de la lame . . . . { observé .	300	400	45	45	100	100	42	42	42	80	80	101	87
22	{ calculé . .	207	402	51	51	114	114	51	51	51	78	78	114	78
23	Vitesse de la lame . . . . { observée.	.	.	.	.	.	.	.	.	.	.	.	.	.
24	{ calculée .	11,5	12,6	3,2	6,2	9,7	9,7	8,2	8,2	8,2	9,0	9,0	9,7	9,0
25	Période d'oscillation de la lame . . { observée.	.	.	.	.	.	.	.	.	.	.	.	.	.
26	{ calculée .	7",6	8",2	5",2	5",2	6",2	6",2	5",2	5",2	5",2	5",6	5",6	6",6	5",6
27	Temps écoulé entre le passage de 2 { observé .	8" à 9"	8" à 9"	12'	12'	11"	11"	6"	6"	6"	5"	6"	7"	6"
28	lames successives . . . . . . { calculé .	10", 0"	11",0	5",5	5",5	8",0	10"	4",5	5",0	5",0	5",2	5",3	9",0	6",4
29	Vitesse relative de la lame théorique {	8,9	10,6	4,9	4,9	7,7	6,0	6,3	9,2	9,0	9,8	9",6	6,7	6,7

ANTOINE.   4

Détail des observations. (Suite.)

N°s de ré-fé-ren.	NOM DU BATIMENT . . . . DATE DE LA CAMPAGNE		HAMELIN. 1876-1877-1878.											
			1878	1878	1878	1878	1878	1878	1878	1878	1878	1878	1878	1878
1	Date de l'observation		16 juin	16 juin	17 juin	17 juin	18 juin	19 juin	19 juin	20 juin	20 juin	21 juin	21 juin	22 juin	24 juin
2	Lieu de l'observation { latitude		9°57′ S.	8°28′ S.	6°30′ S.	5°33′ S.	3°35′ S.	0° 48′ S.	0°37′ S.	1° 08′ N.	1°25′ N.	3°45′ N.	5°06′ N.	5°20′ N.	9°48′ N.
3	{ longitude		29°11′ O.	29°12′ O.	29°13′ O.	29°11′ O.	29°08′ O.	28°55′ O.	28°53′ O.	28°44′ O.	28°48′ O.	29°06′ O.	29°01′ O.	29°35′ O.	29°11′ O.
4	Vitesse du bâtiment en nœuds à l'heure V.		5	4,3	4,8	6,6	8	8,5	6	5,2	4,8	5	4,5	6,2	5,5
5	Id. en mètres par seconde v . .		2,6	2,3	2,5	3,4	4,1	3,3	3,1	2,7	2,2	2,6	2,3	2,2	2,8
6	Cap du navire		Nord	Nord	N. 5° E.	N. 6° E.	N. 5°E.	N. 12° E.	N. 11° E.	N. 11° E.	N. 8° E.	N° 7° E.	N° 7° E.	N. 10° E.	N. 23° O.
7	Direction du vent		E.-N.-E.	E.-N.-E.	Est.	Est.	Est.	E.-S.-E.	E.-S.-E.	S.-S.-E.	S.-S.-E.	S.-S.-E.	S.-S.-E.	S.-M.	N.-N.-E.
8	Force du vent		N° 3	N° 3	N° 3	N° 3	N° 4	N° 4	N° 3	N° 3	N° 2	N° 3	N° 3	N° 3	N° 3
9	Direction de la houle		S.-E.	S.-E.	E.-S.-E.	E.-S.-E.	E.-S.-E.	S.-E.	S.-E.	S.-E.-E.	S.-E.-E.	S.-S.-E.	S.-S.-E.	S.-M.	N.-N.-E.
10	Angle de cette direction avec le cap du navire (φ)		149°	140°	130°	119°	110°	135°	135°	140°	140°	160°	160°	120°	45°
11	Cosinus de cet angle (cos φ)		— 0,77	— 0,77	— 0,64	— 0,54	— 0,34	— 0,71	— 0,71	— 0,77	— 0,77	— 0,94	— 0,9	— 0,71	+ 0,71
12	Produit v cos φ		— 2,0	— 2,0	— 1,1	— 1,1	— 1,5	— 2,3	— 2,2	— 2,0	— 2,0	— 2,4	— 2,1	— 1,1	+ 2,0

Comparaison des lames observées avec les lames théoriques.

13	Force du vent . . . . . . { observée.		N° 3	N° 3	N° 3	N° 2	N° 4	N° 4	N° 3	N° 3	N° 3	N° 3	N° 3	N° 3	N° 3
14	{ calculée .		N° 3	N° 3	N° 3	N° 2	N° 4	N° 4	N° 4	N° 3	N° 3	N° 4	N° 3	N° 3	N° 3
15	Vitesse du vent . . . . . . { observée.		″	″	″	″	″	″	″	″	″	″	″	″	″
16	{ calculée .		3	3	4	4	7	7	7	5	5	6	5	3	4
17	Longueur de la lame de crête en crête. { observée.		70	70	80	80	100	100	100	100	100	120	100	80	105
18	{ calculée.		51,9	51,9	60,0	60,0	79,5	79,5	79,5	67	67	78,5	67,2	51,9	60,0
19	Hauteur de la lame de crête au fond. { observée.		1 à 1,50	1 à 1,50	1 à 1,50	1 à 1,50	2	2	2	1,50	1,50	1 à 2	1 à 2	1	1
20	{ calculée.		1	1	1,9	1,9	2,7	2,7	2,7	2,2	2,2	2,5	2,2	1,5	1,0
21	Module de la lame . . . . . . { observé.		78	87	104	104	250	200	250	120	150	180	150	80	100
22	{ calculé.		78	78	114	114	215	215	215	148	148	181	148	78	114
23	Vitesse de la lame . . . . . . { observée.		″	″	″	″	″	″	″	″	″	″	″	″	″
24	{ calculée.		9,0	9,0	9,7	9,7	11,2	11,2	11,2	10,3	10,3	10,8	10,3	9,0	9,7
25	Période d'oscillation de la lame . . . { observée.		″	″	″	″	″	″	″	″	″	″	″	″	″
26	{ calculée.		5″,8	5″,8	6″,2	6″,2	7″,2	7″,2	7″	6″,0	7″	6″,9	6″,6	5″,8	6″,2
27	Temps écoulé entre le passage de 2 lames successives. { observé.		6″	6″	6″	6″,6	7″,5	8″	10″	10″	9″	8″	7″	5″	″
28	{ calculé.		10″,0	10″,0	9″,2	9″,2	10″,0	11″,2	11″,1	7″,2	12″,0	9″,0	9″,1	6″,4	7″
29	Vitesse relative de la lame théorique.		7,0	7,0	8,6	8,6	8,9	8,9	9,0	8,8	6,3	8,4	8,2	7,9	11,7

Détail des observations. (Suite.)

N** de re-père	NOM DU BATIMENT . . . . DATE DE LA CAMPAGNE				HAMELIN. 1876-1877-1878.								
		1878	1878	1878	1878	1878	1878	1878	1878	1878	1878	1878	1878
1	Date de l'observation	25 juin	26 juin	26 juin	27 juin	27 juin	28 juin	28 juin	28 juin	29 juin	30 juin	30 juin	1er juillet	1er juillet
2	Lieu de l'observation { latitude . . .	10°02' N.	11°43' N.	11°48' N.	13°21' N.	13°24' N.	15°21' N.	15°35' N.	17°48' N.	17°55' N.	20°05' N.	20°28' N.	22°30' N.	23°06' N.
3	longitude . . .	33°07' O.	30°52' O.	30°50' O.	32°43' O.	32°45' O.	34°34' O.	34°56' O.	35°50' O.	36°09' O.	36°46' O.	36°47' O.	37°28' O.	37°45' O.
4	Vitesse du bâtiment en nœuds à l'heure V. . . .	3,5	4	5,2	7,5	7	7,6	6,2	7	6,5	7	7,6	7,8	7,2
5	Id. en mètres par seconde v. . .	1,8	2,1	2,7	3,9	3,6	3,9	3,2	3,6	3,2	3,6	3,9	3,9	3,7
6	Cap du navire	N. 27° O.	N. 50° O.	N. 58° O.	N. 50° O.	N. 45° O.	N. 25° O.	N. 25° O.	N. 25° O.	N. 25° O.	N. 15° O.	N. 15° O.	N. 20° O.	N. 20° O.
7	Direction du vent	N.-N.-E.	N.-N.-E.	N.-N.-E.	N.-N.-E.	N.-N.-E.	N.-N.-E.	N.-N.-E.	N.-E.	N.-E.	E.-N.-E.	E.-N.-E.	E.-N.-E.	E.-N.-E.
8	Force du vent	N° 3	N° 3	N° 3	N° 4	N° 4	N° 4	N° 4	N° 4	N° 4	N° 4	N° 4	N° 4	N° 4
9	Direction de la houle	N.-N.-E.	N.-N.-E.	N.-N.-E.	N.-E.	N.-E.	N.-N.-E.	N.-N.-E.	N.-E.	N.-E.	E.-N.-E.	E.-N.-E.	E.-N.-E.	E.-N.-E.
10	Angle de cette direction avec le cap du navire (φ) . .	45°	70°	70°	90°	90°	70°	80°	70° à 80°	70° à 80°	80°	80°	80°	80°
11	Cosinus de cet angle (cos φ)	+ 0,71	+ 0,34	+ 0,34	0	0	+ 0,34	+ 0,17	+ 0,26	+ 0,26	+ 0,17	+ 0,17	+ 0,17	+ 0,17
12	Produit v cos φ	+ 1,2	+ 0,7	+ 0,22	0	0	+ 1,3	+ 0,5	+ 0,9	+ 0,9	+ 0,7	+ 0,6	+ 0,6	+ 0,6

Comparaison des lames observées avec les lames théoriques.

N**			1878	1878	1878	1878	1878	1878	1878	1878	1878	1878	1878	1878
13	Force du vent	observée .	N° 3	N° 3	N° 3	N° 4	N° 4	N° 4	N° 4	N° 4	N° 4	N° 4	N° 4	N° 4
14		calculée .	N° 3	N° 3	N° 3	N° 4	N° 4	N° 5	N° 5	N° 5	N° 4	N° 5	N° 5	N° 4
15	Vitesse du vent	observée.	»	»	»	»	»	»	»	»	»	»	»	»
16		calculée .	4	5	5	6	6	9	9	6	10	9	10	6
17	Longueur de la lame de crête en crête	observée .	100	80	80	90	90	100	100	70	80	70 à 80	80	60 à 70
18		calculée .	69,5	51,9	51,9	84,2	86,9	90,0	90,0	90,0	73,5	84,6	90,0	94,6	73,5
19	Hauteur de la lame de la crête au fond	observée .	1	1	1	»	3	3	3	3 à 3	4	4	4	3
20		calculée .	1,9	1,5	1,5	5,0	5,0	3,2	3,2	3,2	2,5	5,5	3,2	2,5
21	Module de la lame	observé .	100	80	90	270	270	300	300	303	175	320	300	195
22		calculé .	114	78	79	255	255	297	297	297	184	352	297	184
23	Vitesse de la lame	observée .	»	»	»	»	»	»	»	»	»	»	»	»
24		calculée .	9,7	8,0	8,0	11,6	11,6	11,9	11,9	11,9	10,8	12,3	11,9	12,3	10,6
25	Période d'oscillation de la lame . . .	observée .	»	»	»	»	»	»	»	»	»	»	»	»
26		calculée .	6",2	6",2	6",2	7",4	7",4	7",2	7",2	7",6	6",9	7",8	7",6	7",8	6",9
27	Temps écoulé entre le passage de 2 lames successives . .	observé .	8",0	8",0	6",6	6",6	7",0	7",0	6",0	7",0	5",5	5",5	5" à 6"	6",8	8",0
28		calculé .	6",5	8",0	5",2	6",6	7",6	18",0	11",1	11",5	9",6	18",3	7",3	7",2	4",0
29	Vitesse relative de la lame théorique		10,9	9,7	9,5	12,6	11,6	72,2	12,4	12,8	11,7	13,0	12,5	12,3	11,4

Détail des observations. (Suite.)

№ de re- pér.	NOM DU BATIMENT . . . . . . DATE DE LA CAMPAGNE				HAMELIN. 1876-1877-1878.								
		1876	1876	1876	1869	1876	1876	1878	1878	1878	1878	1876	1876	1879
2	Date de l'observation	7 juillet	2 juillet	4 juillet	5 juillet	5 juillet	5 juillet	8 juillet	8 juillet	8 juillet	8 juillet	16 juillet	22 juillet	24 juillet
3	Lieu de l'observation { Latitude	25°20' N.	25°41' N.	29°05' N.	30°40' N.	31°18' N.	31°24' N.	37°19' N.	37°21' N.	37°33' N.	37°45' N.	47°32' N.	47°01' N.	47°52' N.
3	longitude	38°46' O.	38°22' O.	39°07' O.	39°55' O.	38°54' O.	38°54' O.	38°29' O.	38°28' O.	38°40' O.	39°45' O.	23°23' O.	15°45' O.	8°45' O.
4	Vitesse du bâtiment en nœuds à l'heure V . . .	6,0	6,0	5,5	5,6	5	5,6	6,0	4,8	4,4	3,4	4,4	5,6	9
5	Idem en mètres par seconde v . .	3,1	3,1	2,8	2,8	2,6	2,0	3,1	2,5	2,3	1,8	2,3	2,9	4,6
6	Cap du navire	N. 15° O.	N. 80° O.	Nord.	Nord.	Ouest.	Nord.	N. 8° M.	N. 15° E.	N. 15° E.	N. 15° O.	S. 89° E.	N. 89° E.	N. 43° E.
7	Direction du vent	E.-N.-E.	E.-N.-E.	O.-N.-O.	Ouest.	E.-S.-O.	E.-S.-E.	E.-S.-E.	Est.	Est.	N.-E.	Nord.	O.-N.-O.
8	Force du vent	N° 4	N° 4	N° 2	N° 2	N° 2	N° 1	N° 2	N° 2	N° 3	N° 3	N° 3	N° 4
9	Direction de la houle	E.-N.-E.	E.-N.-E.	N.-O.	N.-O.	N.-O.	N.-O.	S.-O.	Ouest.	Ouest.	E.-S.-E.	Nord.	O.-N.-O.
10	Angle de cette direction avec le cap du navire (ŋ) .	80°	80°	50°	50°	50°	60°	135°	135°	100°	100°	10°	90°	120°
11	Cosinus de cet angle (cos ŋ)	+ 0,17	+ 0,17	+ 0,64	+ 0,64	+ 0,64	— 0,71	— 0,17	— 0,17	+ 0,98	— 0	— 0,17
12	Produit v cos ŋ	+ 0,5	+ 0,5	+ 2,0	+ 2,0	+ 2,0	+ 2,0	— 2,2	— 0,4	— 0,3	+ 2,2	.	— 0,7

Comparaison des lames observées avec les lames théoriques.

13	Force du vent . . . { observée.	N° 4	N° 4	N° 2	N° 2	N° 2	N° 1	N° 2	N° 2	N° 3	N° 3	N° 3	N° 4
14	calculée .	N° 4	N° 3	N° 3	N° 3	N° 3	N° 3	N° 3	N° 3	N° 5	N° 5	N° 3	N° 2	N° 4
15	Vitesse du vent . . . { observée.	»	»	»	»	»	»	»	»	»	»	»	»
16	calculée .	6	3	8	8	4	4	4	4	9	9	5	3	7
17	Longueur de la lame de crête au crête { observée	66 à 70	70	90	90	100	100	120	120	150	150	70	90	100
18	calculée .	73,5	51,0	51,0	51,0	60,0	60,0	60,0	60,0	80,0	90,0	67,2	51,9	79,5
19	Hauteur de la lame de la crête au fond { observée.	2 à 3	1	1	1	1,3	1,3	1,0	1,9	3,3	3,3	2,0	1,5	2,7
20	calculée .	2,5	1,5	1,5	1,5	1	1	2	2	2	2	1	1	2
21	Module de la lame . . . . . { observé.	102	70	90	90	100	100	190	120	300	300	140	90	200
22	calculé . .	184	75	75	75	114	114	114	114	207	207	148	78	215
23	Vitesse de la lame . . . . . { observée.	»	»	»	»	»	»	»	»	»	»	»	»
24	calculée .	10,5	9,0	9,0	9,0	9,7	9,7	9,7	9,7	11,3	11,3	10,3	9,0	11,3
25	Période d'oscillation de la lame . . { observée.	»	»	»	»	»	»	»	»	»	»	»	»
26	calculée .	6",3	5",8	5",8	5",8	6",2	6",2	6",2	6",2	7",6	7",6	6",6	5",6	7",2
27	Temps écoulé entre le passage de 2 { observé.	5",5	6",2	7",0	6",0	6",5	7",0	9",0	8",0	8",0	10",0	7",0	6",5	10",0
28	lames successives . . { calculé.	6",1	5",4	5",0	6",0	5",1	5",1	5",0	6",4	6",0	8",0	5",3	»	7",5
29	Vitesse relative de la lame théorique.	11,3	9,5	11,0	11,0	11,7	11,7	11,9	9,3	11,6	11,6	12,5	»	10,5

NANCY. — IMPRIMERIE BERGER-LEVRAULT ET Cⁱᵉ

——

200

www.ingramcontent.com/pod-product-compliance
Lightning Source LLC
Chambersburg PA
CBHW060856180626
46818CB00004B/1730